ジャーネ
ゼロス
ルーセリス

アンズ
イリス
セレスティーナ
ツヴェイト
アルフィア

エロムラ
アド

「……僕と婚約、してくれますよね？」
「はう!?…………はい」

アラフォー賢者の異世界生活日記 15

Kotobuki Yasukiyo
寿安清

Contents

プロローグ	おっさん、再びダンジョンを焼き尽くす	006
第一話	おっさん、ダンジョンでロボと遭遇する	010
第二話	おっさん、ロマンを求めてギルド規約を無視する	032
第三話	おっさん、無人機多脚戦車と相対す	054
第四話	おっさん、ダンジョンの謎に直面する	078
第五話	おっさん、生物兵器を処分する	100
第六話	おっさん、エロムラの称号に同情する	124
第七話	アド、無職になる	150
第八話	おっさん、多脚戦車を解体中	173
第九話	ソリステア兄妹の魔導錬成風景	198
第十話	おっさん、デート(?)する	223
第十一話	おっさん、婚約する	251
閑話	イリス、ソロ活動をしてみる	274

プロローグ　おっさん、再びダンジョンを焼き尽くす

第二階層、新エリア。

石造建築の遺跡エリアを抜けると、そこはキノコだけが繁殖する胞子に包まれた世界だった。

大木のように成長したキノコのかさの上を歩きながら、口元を布で覆い隠したゼロス達は、眼下に広がる光景を眺めていた。

大量の毒々しい胞子に包まれたエリアは、あまりにも不気味だった。

「……ゼロスさん」

「なにかね、エロムラ君」

「キノコ……ばかりだな」

「そだね」

巨大キノコの上に別のキノコが雑草のように繁殖し、粘着力がある菌が足元で嫌な音を立てる。

まるでガムテープかトリモチの上を歩いている気分だ。

しかも湿気でジメジメしており無駄に暑い。

「兄様、これって【龍血茸《リュウケツタケ》】ですよ」

「まじか!?　それって、高級食材としても有名だが希少価値が高いキノコだろ。万能薬の素材とか言われているやつ」

「凄《すご》く繁殖してますね。それにこちらは【ケミカルマッシュ】……」

「高品質のポーションに使われるやつだよな？　そんなものも繁殖してんのかよ。錬金術師にとっ

ては宝物庫じゃねぇか」

図鑑などでしか見られない高級食材や希少種が簡単に採取できることに、ツヴェイトとセレスティーナは驚きを隠せない。

まさにキノコだけの世界。

そして、そこに生息する魔物もまたキノコだった。

上から見ている限りでは危険はないが、不気味な菌糸類生物が蠢《うごめ》く場所に降りたくはない。

「マタンゴ？　なんか、そんな感じの魔物が真下にウヨウヨいるねぇ」

「アレ、【パラサリスク】とか言ったっけ……」

「魔物や動物に寄生し、脳や神経を乗っ取って移動するんだよねぇ。最後には苗床になるんだ。一応、薬効成分が高くて錬金術の素材として使えるんだけど、ここだと採取の危険度が恐ろしく高そうだ」

「【マッシュマン】もいるなぁ～。しっかし、高濃度の胞子が充満していて、空気が悪いんだけど……。マミーの体皮粉末の次は胞子か、これって汚染地帯って言わね？」

「焼き払ったらダメかな？」

周りの異様な光景を見ながら、物騒なことを話すゼロスとエロムラ。

呼吸で肺に胞子が入り込めば、そこから寄生されキノコの化け物に変えられてしまう危険もある。

このエリアではゴーグルや防塵《ぼうじん》マスクといった装備が必須に思えたが、ゼロスもさすがに都合よく用意はしていない。

「うっわ、大変だ！　おっさん……」

「なにかあったかい？」

「お、俺の股間からキノコが生えてきた……」

エロムラを一瞥《いちべつ》すると、おっさんは無言のまま煙草《たばこ》を取り出し、火を点《つ》ける。

そのまま呆《あき》れの混じった溜息《ためいき》と共に煙を吐いた。

「エロムラ君……そういう下ネタはいいから。キノコなら生まれつき自前のやつが生えてるだろ。そんな冗談を僕に言って何が楽しいんだい？」

「ちが、股間の紳士のことじゃねぇから！　本当に股間からキノコが生えてきてんだよぉ、ほら!!」

「あっ…………ほんとだ」

エロムラの着衣（股間部）に白い菌糸が広がり、そこに赤いかさに白い斑点が特徴のキノコが雄々しく、しかも三本も生えていた。

一見してベニテングダケに見えるが、実は食用として普通に食べられている種類である。

おっさんの顔がますます嫌そうに歪《ゆが》む。

「……さすがに、君の股間から生えたキノコは食べたくないなぁ～」

「そういうことを言ってんじゃないよぉ!?　さっきまでは何ともなかったのに、気付いたら生えてたんだぁ!!」

「それって、つまり……」

キノコが短時間で菌糸を伸ばし急速に成長したということだ。

衣服に付着した胞子が繊維の隙間《すきま》に菌糸を生やし、短時間でキノコが形成されたということは、ゼロス達の身にも同じことが起こる可能性が高い。

　このままではいずれ巨大キノコの真下で蠢いているキノコの魔物のようになってしまうと答えが出たゼロスは、咄嗟《とっさ》に右手に魔力を集め、潜在意識領域《イデア》から膨大な魔法式をリロードし展開する。

「おっさん!?」

「せ、先生!?」

「し、師匠、何やってんだよぉ!?」

「全員、来た通路にまで全力で走れ!!　術式固定、【煉獄炎焦滅陣《れんごくえんしょうめつじん》】！」

　突然の膨大な魔力の発生に驚いた三人であったが、ゼロスの言葉に有無を言わず従い、急いでこのエリアに侵入した通路を逆に向かって走り出す。

　膨大な魔力と尋常ではない術式情報が圧縮されているキューブを、ゼロスは力の限り思いっきり投げると、ツヴェイト達の後を追って全力疾走。

　煉獄炎焦滅陣の術式は、フィールドのほぼ中心に近い場所で発動する。


　――ＤＯＧＯＯＯＯＯＯＯＯＯＯＯＯＯＯＯＯＯＯＮ!!


　発動した広範囲殲滅《せんめつ》魔法は、瞬く間にフィールド内に繁殖している大小のキノコを全て包み込み、滞留する胞子ごと何もかも焼き尽くしていった。

　おっさんはこのダンジョンにて再び地獄を創ったのだった。

第一話　おっさん、ダンジョンでロボと遭遇する

湖中央の神殿でガーディアンゴーレムを倒した【一条《いちじょう》　渚《なぎさ》】と【田辺《たなべ》　勝彦《かつひこ》】は、奥の階段を下りて四階層の探索を続けていた。

石造りの通路には五メートルくらいの柱が整然と並び、場所によっては水場や荒れた庭園、浴場らしき跡まで見られた。

まるで観光で遺跡巡りしているような気分になるが、それを否定するかのように魔物が襲いかかってくので、撃退しながら二人は進む。

「ゴブリンが多いな……。ここ、あんまり期待できないかも」

「武器も持っているようだけど、あまりお金にはならないわよね」

「劣化した剣なんか要らねぇ～。ほとんど鉄屑《てつくず》じゃん」

上階層のゴブリンは石斧《いしおの》や棍棒《こんぼう》、その辺りに落ちている石などを武器として使ったりすることもあるが、基本的には武器を持たず集団で襲いかかるといった原始的な戦法をとる。

その点でいうとこの階層のゴブリンは鉄製の武器を扱っているだけ文明的と言えるだろう。

しかし、その武器類はどれも品質が悪く、鉄屑として鍛冶《かじ》師に安値で買い叩《たた》かれるしかない代物ばかりだ。傭兵《ようへい》にとっても全く旨味《うまみ》がない。

「ゴーレムの核と魔石の方が高値で売れるよな？　オークなら肉も買い取ってくれるけど、解体に手間取りそうだし」

「あんた、食用のオークと食べられないオークの区別ついてる？　普通のオーク肉は臭くて食べら

れないのよ？」

「えっ？」

オークには食用に適している種と適さない種が存在する。

食用とされるのは【ミート・オーク】と呼ばれる種で、見た目が剛毛に覆われた半人半獣型の猪《いのしし》。知能は低く常に群れで移動を繰り返し、野生動物に近い習性を持っていることが特徴だ。畑を荒らすことが多く害獣扱いされている。

対して食用に適さないオークは、豚の頭部を持ち人間そのものの肥え太った体格に緑色の肌が特徴だ。凶暴で雑食性、武器なども扱い集落を築く高い知能を備えている。

体力もあり、剛腕にて精強。骨折すら短時間で修復する異常な回復力に、教えれば人の言葉を理解し喋《しゃべ》ることも可能な知性を備えている。

更にオークは、ミート・オークすら餌として狩るのである。

「傭兵ギルドに所属しているのに知らないの？」

「えっ、オークにも種類があんの？」

「……あんた、それでよく傭兵として仕事を受けられるわね。勉強不足もいいところじゃない」

勝彦の知識のほとんどはゲームからのものだ。それだけに傭兵達が常識としている知識を持ちあわせていない。

オークとミート・オークの区別がつかないとなると、傭兵の基礎知識を最初から学ばなくてはならないことになる。このままでは近いうちに手痛い目に遭うことになるだろう。

「傭兵ギルドで講習を受けられるでしょ？　私は受けたけど、まさか受けてないの？」

「い、いや……別に受けなくてもやってこられたし、害獣駆除の依頼がほとんどだったから……」

「あんたねぇ……情報が何よりも重要なことは常識でしょ、オークの討伐依頼を受けてミート・オークを倒しても依頼達成にはならないのよ？　知識不足で死んだらどうすんのよ‼」

「うっ……。けど、たかがオークだろ？」

「区別がつけられないのが問題なの！　傭兵ギルドの依頼書は大半が文字で書かれているし、文面から魔物の特徴を読み解かなくちゃならないんですけど？　知らない魔物をどうやって見つけるのよ。種族名を呼んでも魔物が返事してくれるわけじゃないのよ！」

勝彦は、自分にとことん甘かった。

傭兵はゴロツキが多いが、魔物や薬草などに関する知識に対しては勤勉だ。

魔物の種別や特徴、基本的な習性や能力、素材となる部位の知識、生息領域や食性など様々なものを知っておかねばならない。

常に危険な場所へ赴く仕事なので、情報収集力と下準備が何よりも重要なのだ。

それを怠った者達は命を落とすことになり、そうならなかったとしても怪我で二度と傭兵として仕事を受けられない体となる。

「あんた、本当に近いうちに死ぬんじゃない？」

「いやいや、俺達勇者だったわけじゃん！　強いんだし、簡単には死なないでしょ！」

「学習する習慣をどこへ置いてきたのよ。あんた……」

「召喚された時点で元の世界に捨ててきたんじゃね？」

ぶれない勝彦の態度に、今まで心の奥底に抑えつけていた何かが爆発しそうになる渚だったが、そこを我慢して諭そうとするあたり、彼女は生真面目なのだろう。

それでも感情につられて語気が荒くなるのは仕方のないことだ。

「危機感が足りないわよ。どんなにクズな傭兵でも、命がけの仕事なんだから必死に勉強したり情報収集をしてるわ。あんた、そいつら以下じゃない！」

「いや、さすがにソロ活動をしていると情報収集なんて億劫《おっくう》でさ～。前は一条がいたからよかったけど、今はなぁ～……。あっ、そうだ！　もう一度コンビ組んでくれね？」


――ブチ！


渚の中で、本来切れてはいけない何かが切れた。

「つまり、あんたは私がいないと何もできない坊やってわけ？」

「坊やって、ひでぇな。俺達は同い年だろ……」

「んなことは分かってるわよ！　何よ、何なのあんた！　どこまで他人任せにすれば気が済むわけ？　あんたのそのいい加減な行動で誰が迷惑を被《こうむ》ると思ってんの？　私よ！　私なのよ‼」

今まで我慢していたものが、ついに限界を超えた。

「えっ……えぇ～～っ……」

あまりの渚の剣幕にたじろぐ勝彦。

「いつもいつも勝手なことばかりして、少し目を離せば厄介事を持ってきて……。どれだけ私があんたの尻ぬぐいをしてきたと思ってんのよ……」

「いやいや、俺達コンビじゃん。相方が困っているときに助けてくれるのが相棒ってやつだろ？」

「あんたは他人におんぶに抱っこしているだけじゃない。自分の不始末くらい自分でなんとかしなさいよぉ、こんなのがコンビだというなら今すぐ解消してやるわ!!」

「そんなこと言うなよ、俺達は今まで仲良くやってきたじゃん？　長年連れ添った夫婦みたいなもんだろ。旦那が辛《つら》いときに支えるのが奥さんの役割……」

「キモ！　あんたと夫婦なんて死んでも願い下げよ!!」

勝彦との関係を夫婦と例えるならば、給料を家庭に入れず散々遊び回った挙げ句に開き直り、そのくせ自分の不始末を押しつけてくるクズ亭主だ。真っ先に離婚すべき人間である。

ぬけぬけと夫婦などと口にするこの図々《ずうずう》しいほどの厚かましさには、温厚な渚でも腹が立つ。

恋愛感情などそもそもないので、夫婦扱いされると自制などできないほど感情が昂《たかぶ》る。

所謂《いわゆる》怒髪天ものだ。

「断言する。あんたと結婚する相手は、一ヶ月もたずに離婚すると思うわ。何言っても無駄なんだもの……」

「そんなことはないと思うよぉ〜？　俺は恋人に尽くすタイプだと思うし、こう見えて一途《いちず》なんだぜ☆（キラリ）」

「奥さんいるのに浮気して、相手に散々貢いでいたら都合よく騙《だま》され捨てられて、浮気とモラハラを理由に離婚と慰謝料で破滅するタイプだと思うわ。あんた、人間的に薄っぺらいから」

「そこは奥さんが旦那を立ててフォローすべきなんじゃね？　一回や二回の浮気程度で離婚するなんて、そんな心の狭い女は願い下げだね」

「…………だからあんた、元の世界でモテなかったのね。典型的なクズだから」

「グハァ!?」

渚の冷たい言葉が勝彦の心にクリティカルヒット。

侮蔑《ぶべつ》の込められた目で蔑《さげす》まれ、ついでに触れられたくなかった過去の事実という強烈なボディーブローを入れられては、男にとってキツイ。

「相棒だの夫婦だのと都合のいい言葉を並べて、結局は私を利用しているだけでしょ？　自分の起こしたトラブルを自力で解決できない無能なのに。最低、なにが尽くすタイプよ」

「そ、そそそ……そんなことはないよぉ～？」

「そう思っていないのだとしたら、他人の迷惑すら考えられない自己中野郎と自分で認めることになるんですけど？　しかも収入が安定しない傭兵家業で楽しようとして、それ以上の金額を計画性もなく散財する馬鹿。もう、怒りを通り越して呆《あき》れるわ」

「もうやめて、グサグサ刺さるんですけどぉ!?」

渚の慈悲なき言葉に涙目になってきた勝彦。

多少なりとも自覚はしていたのだろう。しかし今まで我が身を顧みず生活習慣の改善すら行わなかったのだ。誰かの手を借りなくては何もできない人間であると証明しているようなものである。

「ハァ……同じことを何度繰り返して言ったところで、どうせあんたはすぐに忘れるんでしょ？　私も無駄なことをしてるわよね……。もう、見捨ててもいい時期が来ていると思うんだけど、どう思う？」

「そんな、俺を捨てるのか!?　今まで二人で協力してなんとかやってきた仲だろぉ!?」

「協力？　あんたは間違えているわ。協力してきたんじゃない、させられてきたのよ！　仲が深まるわけないじゃない。逆に不信感が増してストレスになってるわよ！」

「お願い、捨てないでくれぇ！　一条に捨てられたら、俺……生きていけない！」

「離しなさい！　ホント、ウザイほどにクズね。手を貸すのは今回限りよ、今度からは自分の不始末は自分でなんとかしなさい。私、もう限界なのよ」

「そんなぁ〜〜〜っ!!」

浮気がばれて女房に必死に縋《すが》りつく駄目亭主状態の勝彦。

だが渚の意志は固く、惨めに彼女の足を掴《つか》んで泣き縋る勝彦を、容赦なく足で払った。

離婚——もとい完全に愛想を尽かされたのであった。


——Gaaaaaaaaaaaaan!!


「な、なに？」

「嘘《うそ》だと言ってくれよぉ〜、駄目なところは直すからさぁ〜〜〜っ!!」

「うっさい！　そんなことより、今の音に対して何か思わなかったわけ!?　いつまでも駄目亭主ごっこをしてんじゃないわよ、気持ち悪い！」

「ごっこじゃないんですけどぉ!?」

壁伝いに聞こえた轟音《ごうおん》。

同時に遠方から誰かの必死な声が聞こえてきた。

「こっち来るぞ！」

「戦おうとするな、防御優先で逃げろ！　今まで見たことのないタイプの魔物だ！」

「ひぃいいいいいいっ!!」

通路の先から聞こえる傭兵らしき者達の慌ただしい声。

どうやら緊急事態なようだが、今いる場所からは何が起きたか分からない。

確かめるには現場に近づく必要があるが――。

「な、なんか……嫌な予感がするんだけど」

「あんたと意見が合うのは不本意だけど、私もそう思う」

傭兵達の声は次第にこちらへと近づいており、このままでは鉢合わせすることになるだろう。魔物を引き連れている可能性が高い。

今、渚達がいる場所はほぼ直線の通路で、左右には間隔をおいていくつか木製のドアがあり、前方は見晴らしがよく何が起きてもすぐに状況が確認できるほど広い。

渚と勝彦は無言のまま頷《うなず》くと、剣を構えて前方を警戒しながら様子を窺《うかが》う。

「弓で頭部を確実に狙え!!」

「頭ってどこだよ!!　つか、弓を使う暇がねぇ！」

傭兵達の姿がようやく見えたとき、渚と勝彦はそれを見て言葉を失った。

三人の傭兵を追いかけているのはあきらかに魔物ではなかった。

アメリカ製の近接防衛システム、ＭＫ15（ファランクス）を彷彿《ほうふつ》とさせる円柱の胴体に四本の脚がついたような見た目だが、機関砲があるべき場所には二本の腕（小型銃付き）が生えていた。

「お前ら、逃げろ！　こいつは……」

傭兵が言い切る前に何かが勇者二人の足元に撃ち込まれ、石畳が砕け散る。

呆然《ぼうぜん》と床を眺めた勝彦が、砕けた石畳に埋まった意外なものを発見し、驚く。

渚達もよく知るものに酷似……いや、同一のものだった。

「……これって、ナットか？」

「じゃぁ、あれって……本当にロボット？　嘘でしょぉ!?」

ナット——ボルトと一緒に使用されるポピュラーな締結部品であり、ファンタジー世界には不釣り合いな、どう見ても科学的な理論に基づいて作られた人工物。

ゴーレムと呼ぶには似つかわしくないソレは、近未来のアクション映画のように自律稼働し、率先して人間を襲っていた。

「作業用ロボットが人間を襲ってんのか!?　ファンタジー世界になんであんなものがあんだよ！」

「知らないわよ！　そんなことより、今は逃げるのが先決ね」

二人は慌てて来た通路を戻るように走り出す。

そのあとを傭兵達が必死に追い、作業ロボットらしきものが迫る。

「あ、あんたら、なんであんなものを引き連れてきたんだよぉ!!」

「ダンジョンの変化に巻き込まれて迷っていたら、偶然に出くわしただけだぁ!!」


——Gagagagagagagagaga!!

「「「「ひぃいいいいいいいいいいぃいぃいぃいっ!?」」」」

マシンガンのようにナットを乱射してくる正体不明の機械。

円柱胴体の下部と作業腕の間にあるカメラと思《おぼ》しき球体が不気味に赤く輝くと、本体にいくつも刻まれた幾何学模様のラインに青い光が走り、円柱胴体の上部が左右に分かれ格納された内蔵兵器が姿を現す。

「や、やばい……あの口径の大きさは、もしかしたら……」

勝彦が言い切る前にシュパシュパという音と共に、自分達の前方に向けて何かが撃ち込まれる。

そして、轟音とともに目の前が赤く染まった。

「グ、グレネードだぁ!!」

「さ、作業機械じゃなかったのぉ!?」

「お助けぇええええぇぇぇっ!!」

「お母ちゃ〜〜〜〜〜〜ん!!」

「死にたくないぃ、死にたくなぁぁぁぁぁぁぁぁぁいっ!!」

爆炎と飛び交うナットの弾雨に晒《さら》されながら、五人は必死に全力で駆け続けた。

だが、それで逃げ切れるほど機械も甘くもないようで、ガキンという音と共に四本の脚から車輪を出し、高速で勝彦達を追ってくる。

無駄にギミックの多いロボットなようだ。

「嘘でしょぉ!?　みんな左右に分かれて、柱の陰に隠れてぇ!!」

「ちっくしょぉ!!」

渚が咄嗟《とっさ》に下した判断。

追い上げてくるロボットをギリギリで躱《かわ》し、なんとか柱の陰に隠れることができた五人。しかし逃げ道を完全に塞《ふさ》がれる形になってしまった。

ロボットは急速旋回して振り向くと、照準をこちらに向けて停止した。

『あんなの、どうやったら振り切れるのよ……』

中遠距離からは弾丸とグレネードを撃ちまくり、逃げれば高速走行で迫ってくる。

勇者と傭兵達は絶体絶命のピンチに陥っていた。

◇　◇　◇　◇　◇　◇

突如【煉獄炎焦滅陣《れんごくえんしょうめつじん》】を発動させたゼロス。

爆発から逃れるために急いで石造遺跡風エリアの通路に飛び込むと、燃え盛るキノコフィールドの様子を窺う。

「いきなりなんつー魔法を使うんだよぉ、師匠!!」

「そうです！　あそこには希少なキノコがたくさん……」

「そして、気付いたら全員キノコに寄生されていたかもしれないねぇ。安心していいよ、今回は手加減したから広範囲が燃えるだけだ」

「「寄生？」」

要点だけを抑えた説明を教え子二人に伝えるゼロス。

ツヴェイト達の表情は見る間に青ざめていく。

「……つまり、あの場に長く留《とど》まっていたら、俺達は今頃キノコの苗床になっていたのか」

「生物に寄生するキノコって魔物ですよね？　危ないところでした」

「エロムラ君の笑えない下ネタで気付けてよかったよ。さすがにフィールドを焼き尽くすのはやりすぎたと思うけど、危険度が未知数だったしねぇ」

「ネタじゃねぇからぁ!!　三人ともなんで冷たい視線を俺に向けるのぉ!?」

キノコ繁殖エリアはフィールドまるごと業火に焼かれ灼熱地獄と化した。

高温で焼かれたキノコ独特の香ばしい香りも漂ってくるが、そこが先ほどまで菌糸類の楽園だったなどとは誰も思えまい。まさに煉獄と言ってもいい有様だ。

「魔法が発動した場所から離れているのに、ここまで熱が来るとは……広範囲殲滅《せんめつ》魔法の威力はとんでもねぇな。うちの秘宝魔法が可愛《かわい》く見える」

「アレはあくまでも範囲魔法だからね。敵を殲滅するためだけの威力特化魔法じゃないから、そこまで被害は……いや、場所や戦い方にもよるかな？」

「あの……先生？　もし他の傭兵さん達があの場にいたら……」

「それはないんじゃないかな？　いたとしてもキノコに繁殖されて苗床になっているよ。エロムラ君の股間を見てみたまえ」

ゼロスが何言っているのか分からず、二人はエロムラを見た。

そこには股間から立派にかさを開いた三本のキノコが黄色の胞子をまき散らしてた。

よく見ると小さなキノコも生えだしている。

「エロムラ……それ、お前渾身《こんしん》のギャグなのか？　正直、笑えねぇんだが」

「まさか、私達が希少キノコを採取している間に生えたんですか!?　そんなに時間は掛かっていなかったのに……」

「そんなに俺の股間を凝視しないでぇ!?　ギャグじゃないし、ネタでもないからぁ!!　なんでみんな俺をエロ魔人のように扱うんだよぉ!!」

『『日頃の行いが原因だろ。それより、さっさとキノコ取れよ』』

おっさんとツヴェイトは心の中でツッコミを入れる。

エロムラはいきなりの広範囲殲滅《せんめつ》魔法から逃げることに夢中で、股間のキノコを取ることを忘れていたようである。地団駄を踏む今の彼は凄《すご》く間抜けな姿だ。

「このキノコが……このキノコが悪いんだ!!」


――ガコン。


酷《ひど》いところから生えたキノコを採ろうとしたとき、何か大きな音が通路に響き渡る。

同時に響いてくる地鳴り。

ダンジョンの変化の過程で発生する音とは異なり、何かの装置が動き出したかのような、歯車が出す回転音のようなものも含まれている。

この異常にいち早く気付いたのはツヴェイトであった。

「な、何の音だ？　まさか、またダンジョンが変化しようと……」

「違う。これはおそらく、トラップ……。エロムラ君、まさか……」

「えっ？　俺ぇ!?」

「たぶんですが、先ほどエロムラさんが地団駄を踏んだとき、床の仕掛けを踏んだのかと思います……」

「スイッチを踏んだ感触はなかったけどぉ!?」

セレスティーナの言う通り、エロムラはトラップのスイッチを踏んでいた。

だが、そのスイッチは体重がかかることで作動するからくりではなく、重量を探知して作動する術式タイプのものだった。エロムラが罠《わな》を踏んだ覚えがないのはこのためだ。

それより問題は、どんなタイプの罠が発動したか分からないことにある。

「矢や槍《やり》が降ってくるわけでもない。なら、考えられるのは落とし穴かな？」

「なんでそんなに冷静なんだよぉ、急いでこの場から退避しないと……」

「慌てるな、エロムラ君。こうした魔法で発動するタイプは、通路に設置された罠が一斉に動き出す仕掛けと見るべきだろう。遺跡型迷宮の罠は偽装が精巧で、場所の特定は難しい……はれ？」

ゼロスが言い終える前に襲ってきた突然の浮遊感。

なんと十メートル規模にわたって床が突然消え、哀れにもおっさん達は下の階層へと落下していった。

床そのものが偽装された魔法障壁だったのである。

「こうきたか……。床そのものが罠だとは、なかなか捻《ひね》くれたダンジョンだ」

「いや、師匠!?　なんで落ち着いてんだよぉ!!」

「ひゃぁあああああああぁぁぁぁぁぁっ!!」

「こんなときに言うのもなんだけど、今、俺……ティーナちゃんに萌《も》えてる」

「言わなくても分かるよ。エロムラ君の股間に立派なキノコがおっきしてるしねぇ」

「これ、違うからぁ!!」

落下中だというのに、妙に落ち着いているおっさん。コンマ数秒で周囲の状況を確認し把握した。

この落とし穴は、途中からロート構造になっており、壁面の勾配の先にある細い穴から一気に下層へ落とす仕組みだ。

だが、落とし穴の入り口からロート状の下部まで十メートル近く深さがあり、落下時に勾配のある地点に叩きつけられそうなのでヴェイト達には耐えられないとおっさんは判断。落下衝撃を抑えるため【ストーム】の魔法を使用して四人の落下速度を軽減してからロート構造に突入する。

『さて、どこまで落とす気なのかねぇ』

いつでも戦闘に移れるよう、ゼロスは魔法をストックして着地時に備える。

滑り落ちていく中、『エロムラ君は、いつまで生えたキノコを放置しておくのだろうか?』と、くだらない疑問が気になって仕方がなかった。

◇　◇　◇　◇　◇　◇

一方、緊急事態継続中の勇者二人と傭兵達。

ロボットの小型アームに取り付けられた機械から連射されるナットが、渚達が盾にしている柱を削っていく。

元来た道を戻ろうにもロボットが高速移動で背後から追いかけてきて、ナットで射殺されかねない。

何しろナットをマシンガンのように撃ち続けているのだ。弾切れを待つにしても、その間に勝彦や傭兵達が倒されれば不利になるため、下手な行動はできない。

そもそも、このロボットに背を向ければグレネードを撃ち込まれるのは確実で、決定的な好機でもない限り動くのは危険だった。

「……焦りは禁物ということは分かっているんだけど」

「いつ弾切れになるのかが分かんねぇよな。柱もいつまでもつのか……」

勇者二人は自制し、張り詰めた精神で気配を窺い続ける。

しかし、三人の傭兵達はというと――、

「ヒィイイイィッ!!」

「もうダメだ……お終《しま》いだ……」

「思えば、いい加減な人生だったな……。ごめんよ、親父《おやじ》……」

――柱の陰でいつ死ぬか分からないこの状況に絶望していた。

彼らはゴーレム程度となら戦ったことはあるが、射出武器を乱射するような機械とは未経験。まして銃火器に対する知識もない。

未知の敵に対処する場合、自身が持つ既存の知識で予想を立てるため、見当違いな判断を下してしまうことがある。

例えば、ナパームが火属性魔法の【フレア・バースト】、ナットの射出機能を【ロックバレット】といった具合に誤認したりしがちだ。

普通の魔物に対処するのであれば、こんなミスは起こさなかっただろう。

だが、相手は自律稼働型のロボットであり、魔法ではなく兵器で攻撃してきているのだ。

しかも弾薬を節約しながら効率よく攻撃をするといった状況判断を行っており、知能の低い魔物とは比較にならない賢さを備えている。というか、ゴーレムのような見た目の敵が人間以上の思考能力を有しているなどと、普通の傭兵に想定できるわけがない。

「傭兵達は当てにできないわね……」

「どうする、このままだとジリ貧だ……」

連射をやめ、柱の陰から出てきたところを狙い撃ちする作戦に切り替えたロボット。

その様子を陰から窺いつつ、渚達はこの場をどう切り抜けるか悩む。

残り弾が少ないとも判断できるが、その推測だけで賭けに出るわけにもいかない。

「しかも威力がある。喰《く》らう場所によっては即死も免れないぞ」

「ナットといっても侮れないわ……。やっぱり田辺についてくるんじゃなかった」

「今さらそれ言っちゃう!?」

いつまでも柱の陰に隠れてはいられない。

グレネードの方を一発でも撃ち込まれれば、直撃を避けるために飛び出すしか選択肢はなく、そのことにロボットがいつ気付かないとも限らないのだ。

時間が限られているゆえに何らかのアクションを起こさなくてはならないのだが、勇者二人には有効な手立てがなかった。

そう思っていた矢先にロボット上部の砲身が動き始め、こちらへと狙いを定める。

「やばい、グレネードを撃つ気だぞ!?」

「けど、今柱から出たら狙い撃ちに……」

飛び出せばハチの巣、柱の陰に潜み続ければグレネードで火炙《ひあぶ》り。

いまだ続く絶体絶命のピンチ。

「「うわぁあああああああああっ!!」」

「な、なんだぁ!?」

「えっ？　あれって……」

突然にロボットの真上にある天井の一部がパカッと開くと、そこから勢いよく人が落ちてきた。

渚達は、彼らがトラップに引っかかった被害者であることを知る由もなく、呆気《あっけ》にとられる。

「ゲフッ！」

「ゴハッ!!」

「ひゃうっ!!」

「おっと、みんな着地する準備を怠ったら……って、ロボォぉおっ!?」

男の一人はロボの砲身に背中からぶつかり、その上にもう一人が激突。

少女は空中で見覚えのある年配の魔導士に抱きかかえられ、二人で華麗に着地する。

「「ゼ、ゼロスさん!?」」

「おりょ、君達もここに来てたのか。もしかしてダンジョンの変化に巻き込まれた？」

落ちてきた四人のうちの一人――魔導士《ゼロス》は渚達の知人であった。

「いや、それよりも、今やばい事態だから!!」

「すぐにその場から逃げてぇ!!」

「へ？」

そう、現在渚達はロボに襲われ大ピンチ。

ゼロス達が突然現れたことで、ロボも定められたプロセスに従い状況を確認中。

新たに現れた敵は四体。上部グレネード砲に二体の生命体が引っかかっており、すぐそばに二体を確認。作戦行動に邪魔な上部二体の生命体の排除を最優先事項と認識した。

各種センサーが点滅し、四本の脚に備わった駆動輪を再度稼働させる。

「「うぉおおおおおおわぁあああぁぁぁっ!!」」

突然の横回転にツヴェイトとエロムラは必死に砲身にしがみつくが、なかなか離れないと判断したのか、ロボの回転速度は更に加速していく。

「楽しそうだな～」

「先生、そんなことを言っている場合では！　このままだと兄様とエロムラさんが……」

「吹っ飛ばされるね。でも、その前に君を安全な場所に避難させないと僕が戦えないんだよねぇ。両手が塞がってるし」

そんなことを言っているうちに、ツヴェイトとエロムラは壁際まで飛ばされる。

おっさんが咄嗟にかけた魔法障壁により彼らが怪我を負うことはなかったが、衝撃によるダメージは多少なりとも受けたようだ。

ロボットが徐々に回転速度を落とし始めている隙《すき》に、セレスティーナを退避させる。

「ちょっと柱の裏に隠れていてください。アレの相手をしてきますんで」

「大丈夫なんですか？」

「まぁ、なんとかなるでしょ。エロムラ君もいるし」

そのエロムラ君は、吹き飛ばされたときにしたたか腰を打ち、痛みで悶《もだ》えていた。

受け身をとったツヴェイトはさすがと言える。

咄嗟の状況で行動できるか否かはレベルに関係ないようだ。

「ほれ、エロムラ君や、悶えていないで護衛の務めを果たしなさいな。本番だよ」

「マジでイテェんだよぉ!!」

「ツヴェイト君も柱の陰に隠れて。巻き添え食って怪我でもされたら、僕らの首が飛ぶから」

「お、おう……」

いそいそと柱の陰に退避するツヴェイトとセレスティーナ。

その姿を横目に確認しつつ、ゼロスはショートソードを鞘《さや》から抜く。

エロムラも腰をさすりながら剣を構えた。

その様子を隠れて見ていた勇者と傭兵達だが……。

「ゼロスさん達が来てくれたなら百人力だな。なんとか生きて帰れそうだ。それにしても……」

「だといいけど……（ゼロスさんはともかく、もう一人はなんか……田辺と似ている気がするのよね。こう、駄目な感じが……）」

偶然にしてもゼロスが来てくれたことは頼もしいと思うが、若干の不安要素が拭《ぬぐ》いきれない。

それは傭兵達も同様で——。

「こちらの戦力は増えたが、どうも安心できねぇ」

「同感だ。アレじゃなぁ……」

「あいつ……なんで……」

「「なんで股間にキノコを生やしてんの!?　つか、取れよ!!」」

股間からキノコを生やし、剣を構えるエロムラの間抜けな姿に、不信感しか抱けなかった。

緊急時に下ネタをかましているのだから当然だろう。

もっとも、本人は下ネタをかましているわけでもなく、度重なる状況の変化で取ることを忘れているだけなのだが。

『あのロボ……旧時代の魔導兵器か？　どんな動力を搭載しているのか興味深いな。回収できるといいんだが……』

過去の遺物を前に、おっさんは好奇心が抑えられない。

その目は謎のロボットを見つめ、剣を握る手に自然と力が入る。

対峙《たいじ》するロボットのカメラアイが点滅を繰り返す最中、ゼロスは先手を取って走り出した。

第二話　おっさん、ロマンを求めてギルド規約を無視する

瞬時に間合いを詰めたゼロス。

だが、ロボットの反応は予想よりも速く上部のグレネードで牽制《けんせい》射撃し、おっさんの頭部スレスレを通過して後方に着弾、爆発した。

ロボの懐に入ったゼロスは円柱状のボディめがけ剣を一閃《いっせん》。


――ガキン！


甲高い金属音が周囲に響き渡る。

『硬い……。音からして装甲が薄いことは分かったが、意外にも強度がある。もしくは内部で強化魔法と魔法障壁を併用しているのかね？　ここはセオリー通りに関節も狙ってみるか……』

機体の重量を支える四本の脚。

その関節部に向け剣で斬り裂こうとした瞬間、前方の小型の腕に取り付けられた銃身がゼロスに向けられた。

危険を察知し飛び退《の》くと同時にナットが撃ち出されるが、【縮地】で素早くロボットの背後へ回るゼロス。


――Gagagagagagagagaga!!

四本脚を動かしながら射撃するロボットだが、ゼロスの動きが素早くて照準が合わず、攻撃目標を急遽《きゅうきょ》変更。左右二本のアームに固定された銃身はエロムラに向けられた。

「うそぉ⁉」

全力で走り回るエロムラの背後ギリギリを、高速で撃ち出されるナットが通り過ぎていく。

そんなエロムラを助けることなく、ロボットの背後から関節めがけて斬撃を繰り出すゼロス。

だが、その攻撃もあっさり弾《はじ》き返されてしまう。

『関節部も予想以上に頑丈ときた……。どうしたもんかね』

ショートソードでは攻撃力に難があり、このロボットの装甲どころか関節部すら両断できないことが判明した。今手にしている武器では切れ味が足りないのだ。

そうなると武器を変更しなければならないのだが、このロボットの動きより弾丸の射出速度の方が速く、武器を替えている隙《すき》を狙われてしまうだろう。

武器を選んでいる間、誰かが囮《おとり》にならなければならないわけだが……。

「……エロムラ君、少し時間を稼いでくれ。武器を交換するから」

「ちょっとぉ⁉　今、俺が狙われてるんスけどぉ⁉　助けてくれないのぉ⁉」

「奴の周囲をグルグル回っていれば足止めできるし、攻撃も当たらないから少しだけ粘っていてくれ」

「ヒィイイイッ‼」

当然、損な役回りを担うのはエロムラしかいなかった。

有無を言わさず時間稼ぎを押しつけ、その隙にゼロスは柱の陰に隠れると、インベントリー内の装備品を確認し始めた。

『斬撃優先で刀を使うべきか、それとも超重量武器で力押しするべきか、悩む～』

魔法による攻撃は発動に若干のタイムラグがあるので銃撃されたら防ぎようがない。

重量武器で強引に装甲を斬り裂くなら、前に冗談で作った大剣がある。

しかし、ゼロス的にはあのロボットを破壊するのはもったいなく、ぜひとも回収して分解してみたいと考えていた。

脚さえ切り離してしまえば後のことはどうとでもなるのだが、問題はどれだけ損壊を抑えて動きを封じられるかだ。

『ボルトマシンガン（？）は前部二腕に一基ずつ、上部に砲身……あれはランチャーかな？　弾数はさほど多くはないはず。なら、やはり脚を狙うことを前提として、どうやって機能停止するかだな。あの装甲だと重量武器を使ったら動力まで破壊してしまいかねない。装甲を剥《は》ぎ取る？　……いや、機械ならメンテナンス用の開閉スイッチとかレバーがあるはず。なければ装甲の繋《つな》ぎ目を集中的に狙って……』

装甲を少しずつ切り飛ばしていく方法を一時保留し観察を続行。

人の手を必要とする機械であれば、必ずメンテナンス用にボディを開閉するか装甲を外すなりの機能が備わっているだろうと判断し、エロムラを狙って追いかけ回すロボットの姿をもう一度確認してみると、本体と脚部の付け根の少し上にわずかな隙間が機体を一周するように存在していることを発見した。

やはり何かの手段を用いれば上下にボディが開くのだろうと推論を立て、ゼロスは再度ロボットのボディを観察すると、今度は背後に不自然なパネルらしき箇所を確認した。

『背面のパネルがメンテ用の開閉装置を隠していると予想して、問題はその装置が単純なレバー式でなく暗証コードを打ち込むタイプだった場合だ。そうなると壊さなきゃならないし、僕としてはアレを無傷で手に入れて分解してみたい。まぁ、こればかりは運次第かな』

やることが決まればおっさんの行動は早い。

インベントリー内にある武器閲覧から、適切な得物を選択する、はずだったが……。

『刀……五十四本もある。業物より上でないとあの装甲は斬り裂けないから候補を絞って二十四本、どれも実戦で使ってみたいところだが、どれにするべきか……』

……使用する刀の選択で悩みだしてしまった。

なぜなら、それらの刀は全ておっさんの手によるものであり、どれも間違いなくヤバ～イ性能を持ったものに仕上がっている……のだが、その肝心の性能をすっかり忘れていたのである。

つまり、刀に付与した効果の特性をいちいち確認する必要があるのだ。

『困った……。もし強烈な特殊効果なんかあったら余波でロボットを破壊してしまいかねないし……最も切れ味が良かったのはどれだっけ？　【流星《りゅうせい》】？　【日陽《ひよう》】？　【雲劾《うんがい》】？　駆逐艦名シリーズだと【暁《あかつき》】、【響《ひびき》】、【雷《いかづち》】、【電《いなづま》】。【叢雲《むらくも》】も捨てがたいが、【迅雷《じんらい》】でもいい』

「Ｈｅｌｐ！　Ｈｅｌｐ、Ｍｅｅｅｅｅｅｅｅｅｅｅｅｅ!!」

一振りずつチェックして更に悩みを深まらせるおっさんと、全力でロボットの周囲を回り続けているエロムラ。何かの童話のようにバターにならないか心配だ。

ロボットは足の車輪を駆使して旋回しながら、エロムラに照準を合わせていた。

射出されたナットが当たらないのは、エロムラの逃げる速度が若干上回っていたからであり、転倒などすればすぐに蜂の巣にされるだろう。

死にたくないのでエロムラも必死だ。

「兄様、エロムラさんは大丈夫でしょうか？　それに、あのゴーレムはもしかして……」

「おそらく魔導文明のものだな。まぁ、エロムラはあのゴーレムの周りをグルグル回っているだけだから、ミスさえしなければ攻撃は受けないだろ」

「あの旋回性能のせいで、背後に回って攻撃すらできないようですね。アタッカーがもう一人いないときつそうですよ」

『……あの武装……もしかして魔導銃か？　邪神戦争前のゴーレムには、あんなものが標準配備されてたのかよ』

ツヴェイトは勘違いしていた。

ロボットに搭載された武器は魔導銃ではない。

空気圧を利用してナットを連続して撃ち出す作業機械を、強引に射撃武器へと改造したものだ。

弾を射出する機能という観点だけでみれば魔導銃も同じだが、威力の面では大きな差がある。

しかし魔導文明期の魔導銃を見たことのないツヴェイトには、オリジナルの威力までは分からず、自分の知識を当てはめて考察しなくてはならない。

エアガンを含めると見当違いとは言い切れないところだが、残念ながらその差異を判別する知識が不足していた。

「お、おっさん、早くしてぇ～～～～っ!!」

「ん～、もう少し頑張って……」

「ちくしょぉおおおおおおおおぉぉぉぉぉぉぉ!!」

ゼロスの気のない返事に、エロムラは涙目。

だが、このロボットはそれなりに高性能だ。

情報収集力のみならず、地形状況を確認しつつ適切な戦闘を行う解析力。そして刻一刻と変化する状況に対応する学習力も……。


――ガガッ！


ロボットは突然地面に足爪を突き立てた。

回転速度からなる慣性によりすぐには停止することができず、地面を擦《こす》る音と共にロボットの足先から火花が散り、石畳が抉《えぐ》られる。

程なく急激な制動がかかり、ロボットは強引に停止した。

『ゲッ、緊急制動!?　こんな真似ができ……ヤベ……』

ロボットはその場で旋回だけを続けていたが、旋回速度よりも速くエロムラは動いている。

では、ロボットが突然に停止したらどうなるか？

周りをグルグルと回っているだけのエロムラは、当然ながら自身の速さに制動をかけられず、自らロボットの照準内に飛び込む形となり、格好の的となる。

その瞬間、エロムラの視界は全てがスローモーションのようにゆっくり動いて見えた。

『こいつ、状況を計算して……。マズイ、撃たれる!!　どうする、どうする！　どうするよぉ、俺ぇぇぇぇぇぇ!!』

ロボットのナットマシンガン（？）の銃口がエロムラに向けられ、多数のナットが射出された。

精神だけが加速する世界で、自分に向けて放たれた凶弾がゆっくりと迫り、このままでは射殺されるという未来しかないと理解するエロムラ。

だが、放たれたナットはまだ自分に当たってはおらず、いくばくかの猶予がある。

ならばどうするか？

『南無三!!』

エロムラは飛び上がると、空中でのエビ反り後方宙返りで第一の弾を避《よ》け、第二の弾は身を捻《ひね》ることにより腰アーマーで跳弾させ、第三の弾を手甲《てっこう》で弾き、第四の弾は足を開くことにより姿勢を崩して辛くも避け、第五の銃弾は迫る地面を手で押し返し、バク転中に身を捻ることで背中のそばを通過していき、第六と第七の弾は股間のキノコに着弾。物理的にも骨格的にもありえない避け方だった。

その瞬間、なぜかエロムラの鑑定スキルが勝手に発動。

＝＝＝＝＝＝＝＝＝＝＝＝＝＝＝＝＝＝＝＝＝＝＝＝＝＝

【エロムラ股間キノコのかさ】×数量計測中……しばらくお待ちください
エロムラの股間に菌糸を張り、見事に成長したキノコの残骸。

一応だが食べることができる。

【エロムラ股間キノコの胞子】×数量計測中……

エロムラの股間で成長したキノコの胞子。ナットが被弾したことで散布。

生命力が強いので瞬く間に繁殖するでしょう。


【エロムラ股間キノコの菌糸】×数量計測中………

エロムラの股間で成長したキノコの菌糸。被弾したことでどこの菌糸か判別不能。

まだ生きているので、繁殖するかも？


＝＝＝＝＝＝＝＝＝＝＝＝＝＝＝＝＝＝＝＝＝＝＝＝＝＝＝＝＝＝＝＝＝＝＝＝＝＝＝

『こんなときにも鑑定が勝手にって、なんで俺の名前がキノコ名にぃ!?』

埋め尽くす鑑定の表示に視界を奪われながらも、なんとかロボットの死角に逃れ、視界に映っていた鑑定表示が消え去ると同時にロボットの背後へと回り込む。

「あいつ、股間のキノコを……」

「男として終わったな」

「つか、なんでフル●ンで……そういう性癖なのか？」

「砕け散ったのは俺の息子さんじゃないからねぇ!?」

そして様子を見ていた傭兵《ようへい》達に、大いに勘違いされる。

思わずツッコミを入れたエロムラだが、これがいけなかった。

ロボットはエロムラの声に反応し、自分の背後に回ったと知るや足の駆動輪を使用。高速回転させ、無理やりバック移動を実行した。

「おわぁ!?」

いきなりやられた体当たりによって、エロムラが吹き飛ばされる。

石畳の上を転がる中、エロムラはゆっくりとロボットがこちらに向き直る光景を見た。二丁のナットマシンガンの銃口がゆっくりとこちらに向けられている。

『ヤバイ……これ、死ぬ……』

絶体絶命。

そう思った瞬間、ロボットの四本脚に一瞬だが光が走る。

脚部が切り離されたことにより胴体部が重量によって落ちた。

石畳を転がるロボの胴体の背後で、刀を静かに鞘《さや》へと納めるゼロス。

「……た、助かった」

「えっと、このパネルを開いて……おぉ、よかった。暗証番号を打ち込むタイプじゃなかったよ。んで、このレバーを上げると……」

「ちょっとは心配ぐらいしてぇ～～～っ!!」

エロムラの泣き言を無視し、おっさんは淡々とロボットの機能停止を進めていた。

ちゃっかり切り離した脚部もインベントリーに回収済みだ。

「この中央の小さな円筒が動力部か？　このコードが脚部に繋がっていて……」

「いやいや、分解作業は後回しでもいいでしょ！」

「何を言ってるんだい、エロムラ君。動力を停止させないと、自爆するかもしれないじゃないか」

「そんなの取り付けるのは、あんたとお仲間ぐらいなもんだろ！」

「失礼な言い方だねぇ、自爆装置にロマンを感じないのは男じゃないよ。あぁ、君の股間はもう破裂したっけ……ご愁傷様」

「だから、あのキノコは俺の息子さんじゃねぇからぁ!!」

内部の機器を調べながら、適当にいくつかの配線を切っていくおっさん。

やがてロボットは『キュゥゥゥゥン……』という音とともに活動を停止した。

機能が完全に止まったことを確認したゼロスは、実に爽やかな笑みを浮かべつつ、ロボットの本体もインベントリー内に回収する。

「こりゃ凄《すご》いわ、魔導力機関というのかな。自然魔力を利用するシステムは僕もやったことがあるけど、手のひらサイズのコンパクトさで大電力を生み出す装置は初めてだよ。けど、やっぱりあるのが制御の中枢であるブラックボックス……。これ、分解の仕方がいまだに分からないんだよねぇ」

「喜んでるのはあんただけだろ……」

死にそうな目に遭っていたエロムラは凄く不機嫌だった。

「師匠、これって旧時代のゴーレムだよな？　回収なんかしてどうすんだ」

「動力が発電機として使えないか、色々試してみようと思っているんだが、あと何個か同じものが欲しいところだねぇ」

「あんなの他にもいたら普通に死ねるだろ。そもそも、ダンジョンになんであんな兵器が存在してるんだ」

「さぁ～？　ダンジョンはとにかく謎が多いから僕にも分からんよ。仮説ならいくらでも立てられるけどさぁ～、証明するのは難しいし考えても意味ないね」

ダンジョンが成長すると空間を歪《ゆが》め、狭い空間内に広大な世界を構築する。どのような原理が働いているのかは分からず、この自然現象の謎を解き明かせるほどの情報がない今、いくら仮説や憶測《おくそく》を並べたところで証明することはできないので、ただ状況を受け入れるしかない。

というわけで、見知った顔の勇者二人に詳しい話を聞くことの方が先決だった。

「さて、君らも無事かな？」

「助かりました、ゼロスさん」

「まさに地獄に仏だった……。俺、もう駄目かと思った」

「おっさん、この二人と知り合いか？」

「どこかの宗教国家によって異世界から誘拐された被害者さ。ところで、あのロボットはどこで見つけたんだい？」

「そ、それなんですけど……」

「俺達は巻き込まれたんだよ。あの傭兵達がトレインしてきやがって……」

「ほほ～ぅ」

ゼロスはこちらの様子を窺《うかが》っている傭兵達を見た。

目が合った瞬間に気まずくなったのか、三人は顔をそむける。

「おたくら、少ぉ～しばかり話を聞かせてもらえないかねぇ。あのロボ……ゴーレムをどこで発見したんだい？　他に同じヤツはいなかったかい？　別の機体でもいい！　さぁ、キリキリ吐きたまえ！」

「おっ？　おぉおっ!?」

おっさん、凄い勢いで傭兵達に詰め寄り、有無を言わさぬ迫力で事情聴取を始めた。

むさい男達三人は、気圧《けお》されながらもその質問に答えだす。

「俺達が見たのは、アレだけだったよな？」

「ダンジョンの探索から帰還中、地鳴りがしたと思ったら来た道が塞《ふさ》がれて、彷徨《さまよ》っていたら偶然妙なエリアに入っちまって……」

「攻撃されて逃げ惑っているうちに、気付いたらこんな場所に来ていた……」

「妙なエリア？」

「森林……にしては湿気が多くて妙に暑い場所でな、昆虫型の魔物がウヨウヨ生息していた。なるべく戦闘を避けて移動してよぉ、偶然ひときわデカイ建築物を発見して、探索を始めたら奴にいきなり襲われた。後は必死に逃げてきたから分からん」

「ふむ……」

傭兵達の話によると、この先はジャングルのようなフィールドで、出現する魔物は昆虫系が多いとのことだ。

上階層に逃げ切れたのは運がよかったと言えるが、ゼロスが欲しい情報はそれではない。

他にロボットがいたか、あるいはその残骸がなかったか聞いたのだが、残念ながら傭兵達はそうした知識には疎く、逃げることに必死でそんな暇はなかったとのこと。

「それ以外に気付いたことは？」

「建物はいくつもあったな……」

「ただ、どれもソリステア魔法王国の建築様式とは異なるものだった」

「あれは……イーサ・ランテの建物に似ていたな。木々が繁殖していて、完全に森に飲み込まれていたが、間違いはねぇよ」

「このエリアから行けますかねぇ？」

「あぁ……この先に別の右折路があって、先に行くと洞窟がある。あとは道なりに真っすぐ進むと下へと続く階段があるから、下りればすぐに辿《たど》り着けるはずだ」

「情報ありがとう。帰りは気をつけてくれ。上には巨石文明の遺跡風エリアと、キノコばかり繁殖したエリアがあった」

「マジかよ……。こんな大規模なダンジョンの変化なんて聞いたこともねぇぞ」

九死に一生を得た傭兵達だったが、ゼロスの話を聞いて頭を抱えてしまった。

今まで地道に調べあげたダンジョンの情報は全て当てにできなくなり、慎重に行動しながら地上を目指さなくてはならない。

どのような魔物が生息しているのか分からないので、帰るだけでも危険な冒険になるだろう。

だが、彼らはまだ戻れる可能性があるだけマシだ。

更に奥に出かけた傭兵達は、もっと深刻な状況にあるかもしれない。

傭兵ギルドが構造変化の情報を掴《つか》んでいるのかは不明だが、この混乱下で救助を出せば二次遭難になる可能性が高く、簡単には手出しできないだろう。

「あ〜、田辺《たなべ》君と一条《いちじょう》さん。この傭兵さん達を地上まで護衛してくれませんかねぇ？　かなり深刻な緊急事態のようだからさ」

「緊急事態……ですか？」

「おいおい、ゼロスさん。それはないだろ。俺達はここまで一稼ぎするために来たんだぞ？　大した収穫もなしに地上へ戻れと？」

「別に、先に進みたければ止めないよ？　ただねぇ、ダンジョンの構造変化に巻き込まれれば、二度と太陽を拝めなくなるかもしれないけど、それでも危険を冒して先に行くのかい？　いくら君達が強くても、食料が尽きれば餓死《がし》する可能性もあるんだけど？」

「うっ……」

勝彦《かつひこ》がこのダンジョンに来た理由は、高レベルであることを生かして力押しでラクに稼げると思ったからだ。しかし前提条件と状況が大きく変わった。

今もダンジョンは変化を続けており、日帰り目的でアーハンのダンジョンに来た彼らでは準備が足りず、ゼロスの指摘は実に痛いところを突いていた。

金のために危険を承知で進むか、命を惜しんで引き返すかの選択が迫られる。

「……田辺、戻るわよ」

「一条!?　いや、それだと俺、生活に困るんだけど……」

「あんたが娼館《しょうかん》とカジノに行かなければ済む話でしょ。しばらく禁欲生活をしながら真面目に働きなさい」

「田辺君……君、そこまでロクデナシに堕《お》ちてたのか……」

「ゼロスさんっ！　男なら、女に金をかけるのは当然だろぉ！　金がなければ博打《ばくち》で一攫千金《いっかくせんきん》はロマンだろぉ!!」

「正直に言うけど、僕は共感できないわ。それに女性にお金をかけるって、娼婦《しょうふ》に貢いでるだけでは？　お店の売り上げに貢献して散財した挙げ句、博打で元を取ろうなんて馬鹿のすることでしょ。これで悪い病気なんか貰《もら》ってきていたら救いようがなくなるねぇ」

「一条と同じことを言う！　そんなに言うなら彼女紹介してくれよぉ、そこに一人手頃な子が……」

「君、死にたいのかい？　公爵家の御令嬢を紹介してくれだなんて、よく言えたものだ。君はどこその国では勇者でも、この国ではただの一般人だからね？　そこを無視して手を出したら、権力をフルに使って抹殺されると思うよ。そうなる覚悟があるとでもいうのかい？」

勝彦はエロムラ並みに馬鹿だった。

しかも勢いとはいえ紹介してほしいと挙げた子は公爵家令嬢。

どこぞのご老人に聞かれたら容赦なく潰《つぶ》されることは間違いない。

「マジで？　いやいや、でも俺のレベルだと簡単に殺されるようなことは……」

「高レベル者を始末する方法なんていくらでもあるさ。最悪、僕に依頼が来ると思うけど、その時は仕事だと思って諦めてほしい」

「仕事で知り合いを殺せるのぉ!?」

「クズを始末するのに遠慮はいらないと思うなぁ～。たまに一条さんから話を聞くけど、君って人生を舐《な》め切ってるよねぇ？　博打と娼婦に溺れてるって、どう見てもロクデナシじゃないかい」

「博打で一攫千金はしょうがないじゃないか、俺の稼ぎだと娼館のナンバーワン娼婦に手が届かないんだからさ。一条も金貸してくれないし……」

「当たり前でしょ。何で返してくれる気もない奴に、私がお金を貸さなきゃならないのよ。無駄なだけじゃない」

「……そこまでして通い詰めるほどのものなのかい？　つか、他人に頼りすぎでしょ」

話を聞いていたツヴェイトやセレスティーナ、それと関係ない傭兵達三人の冷ややかな視線が勝彦に集中する。それは汚物を見るかのような実に冷めきった視線だった。

そんな中、勝彦に理解を示す者が一人だけいた。エロムラだ。

「分かる……。俺も奴隷ハーレムを作ろうとして訴えられた。女性と関係を持ちたいと思うことは自然の摂理だよな……」

「そ、そうだよな……。理解してくれるのか！」

「けど、俺達が思っていることは幻想なんだよ。奴隷は重犯罪者を除いて人権が認められてるし、娼婦は所詮《しょせん》、店にお金を入れるために様々な手管《てくだ》を使っているだけ。俺達みたいなのはカモなんだ」

「分かっちゃいるんだ。けど、彼女達に話を聞いてもらえるだけで俺は癒《いや》される。嫌な現実を少しだけ忘れることができるんだ……」

「けどよ、溺れちゃダメだろ。癒されたのなら、その倍は努力しないとさ。ガンガン稼ぎを出せるようになってさ、その後で恩返しすればいいじゃないか。線引きをするべきなんだよ。それに人に金を借りてまでカジノや娼館に行くなんて、それこそ駄目人間だと思うんだ」

『駄目人間が駄目人間を説得してる……』

おっさんとツヴェイトの心の声が見事にシンクロしていた。

「店に貢がされているとは分かっているが、俺はどうしても彼女達と離れたくないんだ。【黒猫楼】のキャシーさんや、【マダムスフィア】のジェシー姐《あね》さん……。こんな俺でも温かく受け入れてくれて、相談にも乗ってくれてさ」

「有名店ばかりじゃねぇか。それでも、カジノで金を作ろうとするのは無茶だろ。リスクが大きすぎて現実的じゃない。でも、気持ちは痛いほど分かるぞ！　俺も同じことをする自信があるし」

見つめ合う残念な男達と繋がる心。

二人は「「心の友よぉ!!」」と互いに抱き合い、芽生えた同情心が友情へと発展し、仲が急速に深まった。

『『いや、痛いのは心じゃなくお前ら二人だろ。そんなことに自信を持つな』』

シンクロしてツッコミを入れるおっさんとツヴェイト。

他の面々も『うわぁ～……こいつら駄目すぎる』と呆《あき》れてはいるが、心の声を言葉に出さないのは彼らなりの優しさなのであろうか？

「話はそこまで。一条さん達は早くこのダンジョンから出て、傭兵ギルドに報告しておいてくれないかい？　僕らは傭兵達の言っていた建造物とやらが気になるから、確認しに行ってくるよ」

「大丈夫なんですか？　このダンジョンはかなり不安定で危険な状況だと思うんですけど」

「いざとなったら階層をぶち抜くさ。まぁ、これは最後の手段だけどね」

『階層をぶち抜くって………この人を敵に回す真似は絶対にやめよう。怖すぎるから』

ダンジョンは普通、魔法で破壊などできない。

だが、そのダンジョンの階層をぶち抜くと宣言した魔導士に、渚《なぎさ》は底知れない恐怖を感じた。

断言したということは実際に可能だということであり、ゼロスの口ぶりでは既に実証したことがあると思われるからだ。でなければこのような言い方はしないだろう。

「じゃぁ、私達は地上へと戻ることにしますね。ゼロスさんも気をつけてください」

「あぁ、君達もねぇ。ダンジョンの構造がかなり変わっているけど、上階層だからなんとか戻れるでしょ」

「だと、いいんですけどね」

勇者二人は傭兵達とともに、地上を目指しこの場で別れた。

ゼロス達も傭兵から得た情報を確かめるため先に進む。

「なぁ、師匠……。なんで俺達はダンジョンの奥に進んでるんだ？　確か地上に戻る予定だったよな？」

「ちょっと気になることができたんでね、確かめに行こうと思ってる」

「確かめる？　何を……」

ゼロスは先ほど戦ったロボットに、わずかな違和感を覚えていた。

エロムラがロボの注意を惹《ひ》きつけていたときに感じたもので、事が済んで初めてその違和感を明確に理解した。

それは戦闘用のロボットとして見ると明らかな欠陥と呼べるものだった。

「エロムラ君、あのロボットと戦闘して、何か違和感を覚えなかったかい？」

「違和感？　俺はあの時必死だったから、細かいことなんて覚えてないぞ？　何か変なところでもあったのか？」

「変といえば変だねぇ。あのロボット……ゴーレムと言い換えるべきか。アレは戦闘用として見た場合、あまりに馬鹿すぎる」

「「ハァ!?」」

ツヴェイト達はゼロスが何を言っているか分からなかった。

戦闘力として見れば、上部に大型の魔導砲を装備し、腕にはナットを撃ち出すエアマシンガン。威力という面では充分に戦闘用としての性能を持っているように思えた。

火力よりも気になるのはブラックボックスで、ロボットには情報処理や機体制御を行う機材が見当たらなかったことから、もしかしたら人工知能の可能性が高い。

「エロムラ君がゴーレムの周りを走り回っていたとき、ゴーレムは照準を合わせるために同じ場所でグルグルと回るだけだった。反撃行動に出るのに時間が掛かりすぎだと思わなかったかい？」

「そう言われると妙だな……。情報処理速度に問題があるのか、敵の動きが予測できないほど戦闘経験が低いのか知らんけど……。突撃くらいならいつでもできたと思うし、もしかして実はかなりのおバカさん？」

「先生の【アイゼンリッター】は反応してましたよね？　もしかして先生が作るゴーレムの方が優れているということでしょうか？」

「アイゼンリッターの動きは僕がフォローしてましたから、性能面ではこのロボットの方が優れていますよ。これはおそらく元が作業機械で、無理やり戦闘用に改造したことから情報処理機能に誤差が生じたんじゃないかな？　んで、そんな急造品を使うような場所ってどこだと思う？」

「「えっと……」」

ロボット――ゴーレムに対する疑問となると、さすがにツヴェイトやセレスティーナには答えが出せなかった。

だが、アニメなどで様々なＳＦ作品を見てきたエロムラは、なんとなくだが思い当たる。

「工場などの民間施設か、あるいは物資の供給が難しい局地も考えられるな。即席の迎撃装置ってとこだろ？　元が作業用で戦闘に関するデータが少ないから、変化する状況に対応するためには乏しい情報からの時間を掛けた考察が必要になる……。だから反撃が遅れたのか！」

「プログラムはされていたと思うよ。たぶんだけど、施設内に無断で侵入して一定範囲内に近づいた敵を迎撃する単純な命令かな。急ごしらえの改造品だったと僕は見ているけどね」

「あの威力でか？」

「私には信じられません」

ツヴェイトとセレスティーナには、今一つ理解しがたいものだったようである。

だがゼロスの言い分では急ごしらえの改造品で、とても戦闘で使えるような性能ではないという風に聞こえた。

「戦場では一瞬の隙が命取りになる。広範囲を調べるセンサーと、状況を即座に理解し適切な対応をとる判断力がないと実戦では使えない。反応速度の遅い防衛兵器なんて、いったい何の役に立つというんだい？」

「火力はともかく、戦闘時に関する状況の判断力は普通のゴーレムの方が上ってことか……」

「ですが、あのゴーレムは別のエリアから傭兵さん達を追いかけてきたんですよね？　敵を追撃する程度の知性は備わっているのではないでしょうか？」

セレスティーナとツヴェイトは、ロボットとゴーレムを混同していた。

まぁ、そもそもロボットを知らないのだから仕方がないのだが。

「命令が『敵＝追いかけて倒す』と単純なものだったんじゃないかい？　ここから先は分解して調べないことには何とも言えないよ」

「あぁ～、一度敵と判断したら、息の根を止めるまでしつこく追い続けるほど融通が利かないわけか。なるほど、馬鹿だわ」

『『エ、エロムラ（さん）がまともに答えてる……』』

酷《ひど》い思われようだった。

だが、このような認識を持たれてしまうのは普段の行動の結果によるものなので、同情できるようなところはどこにもなかったりする。

「……けどねぇ、そんな不良品を防衛や哨戒任務用に使うかねぇ。状況を判断するプログラムがポンコツで、変化する戦局に対応するにはあまりにも信用性がない。これじゃ友軍に被害が出てしまうだろう。実戦データもないに等しい状態だったんじゃないかな」

「戦闘用ゴーレムとして使うには即断能力が低く応用性もなくて、変化する状況に対応するにも戦闘の情報を持ち合わせていないから、戦局の判断に迷いが生じるのか」

「あの……ふと思ったのですが、あのゴーレムに指示を出す別のゴーレムが存在していたとは考えられないんですか？　マッドゴーレムの戦闘訓練で命令を出していたストーンゴーレムみたいにですけど……」

「おぉ、ティーナちゃん冴《さ》えてる。そのパターンもあるか！」

「もしそうだとすると、このロボットは指揮官機と対で運用する兵器ってことになるよ？　複数の機体を同時に運用するから、各機体からもたらされる情報を統合処理するため情報端末は大型化し、内部機器の冷却を含めると本体はかなり大型になりそうだねぇ。指揮官機なら武装も充実してるんじゃないかな……」

「「「…………」」」

ゼロスが指揮官機を大型と仮定するには理由がある。

単純に考えて子機と仮定したロボットの構造が単純で情報処理能力も低いことから、想定外の事態に弱く、兵器として見ると不完全な代物だからだ。

作戦行動するうえで情報の処理能力は特に重要で、無人機のような自律稼働型兵器を運用するにはリアルタイムで情報のやり取りをする必要があり、戦局によって行動を臨機応変に変化させる柔軟性も持ち合わせていなくてはならない。

指揮官機が必要とするスペックを考慮すると、情報を精査するために必要な大型コンピューターに冷却用のジェネレーター、自身の身を守るための武装から自然と大型兵器という答えが出る。

だがこれは、参考にした知識がＳＦアニメからなので、信頼に足るかと問われれば微妙だった。

「衛星軌道上に戦略兵器がいくつも浮いているから、どれかとリンクしている可能性があるかも……。それなら子機に情報を探らせて戦術を練り、作戦が出来上がれば実行させられる。得られる情報が増えるほど厄介な敵になるわけで、考えただけでもヤヴァ～イ話だよねぇ～♪」

『『なんで嬉《うれ》しそうに言うんだ。この人……』』

この時おっさんは、昔映画で見た頭部にチェーンガンを搭載したスタンディングする戦闘車両の懐かしい記憶を、脳裏の奥底から思い起こしていた。

無論それはフィクションだが、膨らむ妄想と動き出したロマンは止めることはできない。

そう、この魔力というクリーンエネルギーが存在する世界で、『もしかしたら創れるかも』などと本気で考えてしまうほどに――。

ゼロスはどこまでも趣味の人なのである。

第三話　おっさん、無人機多脚戦車と相対す

ゼロス達一行は、傭兵《ようへい》から得た情報を確かめるべく、一路ダンジョンの奥へと進む。

ギリシャ風建築様式の回廊を右折し、迷宮をただひたすら真っすぐに進むこと約三十分、壁に一ヶ所だけ開いた洞穴を発見。情報通りならこの先にジャングルエリアがあることになる。

歴史が感じられる遺跡の壁にぽっかりと開いた洞窟は、見た目にも異様だった。

「情報によると、この先は亜熱帯エリアということだ。砂漠ほどではないが、無茶苦茶蒸し暑い場所だということが判明している。水分補給はこまめに……あっ、生水には注意しようねぇ。飲んだら腹を壊すはずだから」

「師匠、なんで腹を壊すんだ？　たかが水だろ」

「熱帯地域などでは、水が湧いている場所で雑菌が繁殖している可能性がある。一度沸騰させて熱殺菌しないと、雑菌によって苦しむことになるんだ。また、未知の病気も考えられるから注意して

ほしい。あと、マスターなモスキート伯爵にもだね」

「おっさん、もしかしてマラリアのことを言っているのか？　確か蚊が媒介になってたっけ」

「エロムラ君は病気に罹《かか》りそうには思えないねぇ。アクが強そうだから」

「それ、どういう意味ぃ!?」

『何とかは風邪ひかない』、『病気の方が逃げていく』などと失礼な言葉を思い浮かべたが、あえて言わないことが優しさである。

何よりも当の本人が意味を理解したのか、恨みがましく涙目でゼロスを睨《にら》んでいた。

はっきり言って可愛《かわい》くない。『野郎のふくれっ面《つら》なんて萌《も》えねぇなぁ〜』が正直なところだ。

「注意事項はこのくらいにしておく。この先にあのロボットと同種のモノがわんさかいると思うと、不思議と滾《たぎ》るものがあるよねぇ」

「先生達は【ロボット】という言葉を使っていますが、ゴーレムのことですよね？」

「ゴーレムの別称ってことだろ。なんか、師匠とエロムラは共通の認識を持っているように思うんだが、俺の気のせいか？」

「俺とゼロスさんは故郷が同じだからな、似通った知識を持っていることもあると思うぞ。そんなに不思議がるなよ、同志」

エロムラは、ツヴェイト達の前では自分が転生者だという事実を隠している。

そんな彼を見てゼロスは、『なぜ、普段からそうした気配りができないんだろうねぇ？　実に不思議だ』と、心の内で呟《つぶや》く。

全くもってその通りだった。

「ここを抜けたら銃弾が飛び交う戦場だったりして」

「師匠……物騒なことを言うなよ」

「私、なぜか嫌な予感がしてきました……」

「同志もティーナちゃんも心配性だな。あんなのがゴロゴロいるわけないだろ。いたとしてもゼロスさんが全部スクラップにしちゃうだろし」

「だといいんだが……」

無駄話をしつつ、四人は洞窟の奥へと進んでいった。

◇　◇　◇　◇　◇　◇

洞窟を抜けると傭兵達が言っていた通り階段があった。

ダンジョンの天井に巨大タワーが埋まったような不自然な状態になっており、タワー自体はイーサ・ランテの搬入用エレベーターの構造と酷似していた。

そのタワーの階段を下りると熱帯のジャングルが広がっており、試しにジャングルの中を哨戒するロボットを一機倒すと、次から次へとロボットが殺到し、現在は周辺一帯が弾丸飛び交う戦場となっていた。

「エロムラよ……話が違うぞ。物騒じゃないんじゃなかったのか？」

「………そう思っていた時期が俺にもありました」

「ひぃ～～ん！」

飛び交う銃弾とナットが三人の隠れている巨石を削り、近くの木々をへし折り、時折撃ち込まれるナパーム弾が周辺を紅蓮《ぐれん》の炎に染め上げた。

ツヴェイトとセレスティーナは無人兵器というものを知らない。エロムラも無人兵器の恐ろしさはフィクションの中での情報として認識していたが、どれほど危険なのかはまるで理解できていなかった。

「あのゴーレム、なんでこんなにいるんだよ。一体倒したらわらわら出てきた」

「先生が一人で相手をしていますけど、私達では無理……ですよね。邪魔になるだけです」

「たぶん、情報を共有してるんだ。一機が敵を発見すると全てが敵の居場所を把握することになる。もしかしたら、さっき倒した奴からも情報が伝えられていたんじゃないか？」

情報統制システム。所謂《いわゆる》Ｃ４Ｉやイージスシステムなどが馴染《なじ》みのある言葉だろう。

各部隊が前線基地にもたらされる情報をリアルタイムで共有し、常に変化する戦局に対して円滑な対応を可能とする情報伝達システムだ。無人攻撃ロボット群は先に倒したロボットよりも動きが洗練されていることから、情報を共有して行動しているのは間違いなく、その脅威にツヴェイトは恐怖を感じた。

現在使用されている、ラッパや狼煙《のろし》といった情報伝達法などと比較すると桁違いに技術が進んでおり、もしこんなシステを敵国が有していたら勝ち目はないだろうとツヴェイトは思った。

「――旧時代はそこまで技術が進んでいたのか。今も現役として使われているラッパや狼煙より便利そうだな。敵に回すと恐ろしいが……」

「あのゴーレム、なぜ魔物も攻撃しているんでしょう」

「ん～……。たぶんだけど、ロボットの一機がどこかで攻撃を受けたんじゃないか？　情報が連動しているから全てが敵と認識して、排除すべき標的に変わったんじゃね。よう知らんけど」

「魔物は基本的に縄張りを持つから、そこに進入した不審なゴーレムを攻撃して敵と認識されたのかもな。こうなると魔物も哀れだ…な……ん？」

ここでツヴェイトは疑問を感じた。

「なぁ、アレが人の作り出した代物なら、昔は味方をどうやって見分けてたんだ？」

「確証はないけど、味方識別コードで判断していると思う。残念だけど俺達にそんなものは無いから、今ここを動けば真っ先に狙われるな。おっさんなら作れそうな気もするが……」

岩陰に隠れながら談話している間にも、罪もない昆虫型の魔物が粉砕され、その残骸がこちらへと飛び散っていた。

その中でとびっきり異様な存在が嬉々《きき》として無人兵器と戦っている。

「ハハハ、楽勝だねぇ。一度攻略方法が分かると簡単だわ」

『『元気だなぁ～……』』

上機嫌でロボットを戦闘不能にしていくおっさん。

脚部を切り落としてから動力を停止させ、インベントリー内に機体ごと回収していく。

『フレームは鉄とアルミニウム、ステンレスやアダマンタイトの合金か。上のエリアで戦った奴に比べて質がいい。この魔導力機関が大量に余るなぁ～、何に使うべきかね』

ロボットを倒せば必ず一つは魔導力機関が手に入る。

戦闘中に気付いたが、無人兵器群は妙に綺麗《きれい》で、どう見ても過去の遺物には思えない真新しさが感じられたのだが、戦闘中であったので余計な考えは遮断することにした。

それ以前に、趣味を満たす部品が次々と手に入るので、喜びの感情の方が上回っていた。

「師匠、終わったのか？」

「どうだろうね。上のエリアで戦った奴に比べて性能は高いし、部隊を組んで戦闘を行っていたところを見ると、司令塔がいる信憑性《しんぴょうせい》が増したと見るべきかねぇ」

「それだと、この場に留《とど》まるのはヤバくね？　移動したほうがいいんじゃないの、ゼロスさん」

「今戦ったのは拠点防衛用……しかも最初に戦った奴より武装は優れているし、部品数も多い。こちらが正式なガードロボットなんだと思う」

『『それを刀で両断してんじゃん……』』

ツヴェイトやエロムラでは傷一つつけられないロボットを刀で倒すゼロス。

分かってはいたことだが、あまりの無敵っぷりに呆《あき》れるしかない。

「疑問に思っていたのですが、なぜ旧時代の兵器がダンジョン内に存在しているんでしょうか？　これは魔物ではないですよね」

「「あっ……」」

セレスティーナの疑問は、冷静になれば誰しもが思い至るものだ。

一般的にダンジョンとは魔力が一定段階に凝縮されて生まれる、フィールドタイプの魔物であるというのが定説だ。無論これは定説であり確証はいまだに出ていないのだが。

地脈の魔力が凝縮され核となり、周囲の土地を変質させダンジョンとすることで魔物を召喚し繁殖、魔石や魔力を含んだアイテムを餌に敵対する者を呼び込み捕食する。

霊魂や死者の肉体は魔力に変換され、吸収することでダンジョンは力を得る。もちろんそこにはダンジョン内の魔物も含まれる。

それが事実であるのならば、この兵器群はあきらかにおかしい。

命や霊質的な力を持たない人工物がダンジョンの糧になるはずもなさそうだし、まして繁殖させるような真似も不可能だろう。ダンジョンの常識を当てはめると、どうしてもロボットが動き回るこのエリアは異常で異質に思えてくる。

「ゼロスさんはどう思ってんの？」

「根拠のない推測ならできるよ。ダンジョンは事象から情報を読み取ることが可能で、たまたま旧時代の遺跡が存在していたジャングルが再現された。兵器は生物じゃないから繁殖できるわけじゃないし召喚されるはずがないので、単に旧文明の情報から地形や遺跡ごと構築されただけと考えた方が自然でしょ。コレが一番納得できる説なんだけど……」

「３Ｄプリンターみたいに？」

「情報を読み取るって……。そんな能力をダンジョンが持っているものなんですか？」

「だが、実際に兵器が闊歩《かっぽ》しているわけだし、師匠の説には信憑性というものがある。ということは、あの兵器共は偶然の産物ってことになるぞ？」

ゼロスは根拠のない説としているが、内心では少なからず根拠を持っている。

これはゼロスにとってはゲーム内の話であり、この世界ではソリステア魔法王国以外の国の国宝話となるのだが、【時観の水晶】や【時映しの鏡】、【鑑定のモノクル】という人間には再現不可能なアイテムがダンジョンから発見され、その希少性と価値から子供でも知っているほど広く名が知れ渡っていた。

その特徴だが、【鑑定のモノクル】は対象物の情報を読み取るアイテムで、【時観の水晶】はその土地に起きた過去の出来事を限定的に見ることができ、【時映しの鏡】は鏡に映した対象物の過去の姿を映像として映し出すことができる。

これらのアイテムの機能は過去の事象を読み取るという点でどれも共通していいのだが、機能を発動する際に必要となる対象物の過去の事象情報を、いったいどこから得ているのだろうかという疑問が出てくる。

それはゼロスや勇者達の持つ鑑定スキルと似た不可解さがあった。

知らない植物や物の情報を教えてくれる鑑定スキルだが、鑑定対象の情報はどっからくるのかは不明で、この世界の民が稀《まれ》に持つ鑑定スキルとは性質に大きな違いがある。

魔導士や商人達が使う鑑定スキルは、学び培った記憶情報を脳裏から引き出すため情報の出どころは判明しているが、ゼロス達のような転生者や勇者の鑑定スキルは情報の発信源が不明のままなのであった。

「ダンジョンは過去や現在の事象を情報として読み取り、亜空間領域を作り出し内部で再現する力を持っていると見るべきかねぇ。こんなものが自然発生することが異常だよ」

「それ、勇者って連中が使う鑑定スキルと法則性が似ていないか？　文献だと、奴らはこの世界に来てすぐに知ってるはずのない情報を鑑定で知ることができるって話だが……」

「似ているけど、それ以上だよ。今生きているだけでもそこから生み出される情報は膨大だ。そこに過去の事象が加わるんだからとんでもない情報処理能力がないと務まらない。そのうえで過去に存在したものをダンジョン内で再現している……」

「いや、ゼロスさんの言うことをまとめると、ダンジョン内って限りなく現実に近いヴァーチャル空間ってことにならないか？」

「ダンジョン内部に再現された植物や建造物には触れられるし、ダンジョン外にも持ち出すことができるんだから、仮想世界と言えるかどうか……。ただ、ダンジョンの性質を知れば知るほど、怖い考えに行きついちゃうんだよなぁ〜」

「「「怖い考え？」」」

「この世界そのものが仮想世界だってことだよ……」

「「「仮想世界……」」」

地球でも一部の者達から提唱されている仮想世界論。

現実的に考えて否定されることが多いこの理論だが、この異世界においては逆に信憑性が増す。

『この世界が何者かの空想によって構成されている』などと言っても、普通なら暴論だと思われるだろう。しかし、ゼロスは観測者と呼ばれる存在を知っているだけに否定することができない。

正直これ以上のことは考えたくもない。

誰だって『自分という存在も疑似的に構築されているだけで、実際には存在していない』などと思いたくないだろう。

それこそオカルト雑誌に掲載されるような内容だ。

「謎解きは別の誰かに任せるさ。もう、僕じゃ手に負えん」

「そ、そうだな……。こうした理論の考査は学者がすることだ。俺にも理解できん領域だし」

「理解したら現実が信じられなくなりますよ、兄様……」

怖い考えに至ってしまった三人は、そこから先の考察をやめた。

なまじツヴェイト達兄妹は頭の回転が速いぶんだけ、存在のジレンマに陥りそうになり、考えるのをやめることで得体の知れない恐怖から逃げたのである。

暢気《のんき》なのはエロムラくらいのものだ。

「ゼロスさん、ふと思ったんだけど」

「なにかな、エロムラ君」

「もしも工場などの生産プラントがダンジョン内に再現されていたら、合体ロボが作れるんじゃね？　魔法を応用すれば物理的に無理なこともある程度可能になるし」

「ふっ……エロムラ君や、僕がその考えに行きつかないと思っているのかね。普通に考えても無理」

「えっ、そうなのか？」

「均整の取れた人型は重心が重要だが、二足歩行型のロボットは普通に考えても重量バランスが悪い。しかも大型化すればするほど慣性による関節部の負荷は大きくなり、たとえ魔法で慣性制御を可能にできたとしても、今度は動力に関するエネルギー問題が出てくる。魔力だけで全てを動かすには無理があるんだ。では代替エネルギーは？　核融合はまずいだろ。他にも制御システムやバランサー、それらを統括するプログラム開発……一人じゃ無理。決定的な問題として人手が足りない」

おっさんもエロムラのロマンを求める魂《ソウル》は理解できる。

しかし物理法則の壁を越えるのは生半可なことでなく、それこそ技術と膨大なデータの蓄積が必要だ。生産プラントが存在していたとしても超えねばならない課題がいくつもあり、科学的な知識を持つ専門家が何人もいないと、まともなものが作れるはずがない。

どだい巨大人型ロボットなんて製造は不可能である。まして変形合体など無茶だ。

「まぁ、人型じゃなければ作れるかもしれないけど、大きさに限界があるだろうねぇ」

「八メートルくらいのロボットなら可能なんじゃね？」

「見た目は人型でも形状はかなり歪《いびつ》になると思うよ。重量を支える太い脚、重い武器を扱うための巨大な腕と動かすための機械。そして搭乗者が乗り込む操縦席とスペースを保護するための分厚い装甲、制御に必要な各種精密機材……。全部を総合すると絶対にゴリラだ」

「それは……かっこ悪い」

形状が人型に近づくほど重力下でその形状を維持するのは難しくなる。

アニメやSFものの映画などでお馴染みの人型ロボットだが、確かに汎用性《はんようせい》は高いが実際に製作すると役に立たなくなる。むしろ四足歩行の方が安定して動かせるだろう。

実用的な面を取るのであれば人型にこだわるなどナンセンスだ。

「そう、例えば……あんな感じのヤツが理想的な形状になるかな」

「「えっ？」」

何気におっさんが指さす方向を三人が振り返ると、そこに戦車のような機械が瓦礫《がれき》の中に埋もれていた。おそらくは建物の崩壊に巻き込まれ、瓦礫の下敷きになったのだろう。

しかしよく見れば、キャタピラの代わりに六本の脚が存在しており、前方部には可動式のマニピュレーターがクワガタの顎鋏《あごばさみ》のように突き出していた。

「……タ、タケミ●ヅチ」

「エロムラ君や、ところかまわずアニメネタをぶっ込んでくるのはやめないかい？　形状が全く違うよ。ちなみに僕はガン●ッドの方が好きだ」

「知らねぇよ！　俺、劇場版なんて観たことねぇし！　中古本を書店で軽く読んだだけだから」

「コレ、さっき師匠がぶっ壊してたやつよりもデカいな……」

「昔はこんなゴーレムで戦争をしていたんですね」

この時、ゼロス達は大事なことを忘れていた。

魔力を動力源に稼働するロボットは殺意というものを持っていない。

しかもその機体の外部は魔力反応を遮断する金属装甲で覆われており、外見からは壊れているのか待機中であるかの判断ができない。魔力反応に敏感な魔導士でも見抜けないほどだ。

要するに――、

――ヴゥゥゥン……。


――このロボットはまだ生きていた。

よく調べて装甲の経年劣化状態に気付ければよかったのだが、この時のゼロス達は井戸端会議中。

必要最小限の機能以外停止していたロボットが稼働し始めていたことに、四人揃《そろ》って気付けないでいた。

そして……このロボットはゼロスが倒していたロボットよりも情報処理能力が高く、味方識別コードを感知できない生命体を敵と認識する。

程なく、二本あるマニピュレーターがゆっくりと持ち上がり、先端部に搭載されたレーザー砲の照準が四人を捉えた。

「なんか、妙な音が……って！　危ない！」

マニピュレーターの駆動モーターが放つ音で、ロボットが攻撃態勢に入っていたことに気付いたゼロスは、咄嗟《とっさ》に魔法障壁を展開。

その瞬間にレーザーが直撃する。

「こいつ、動くぞ……。生きてたのか!?」

「損傷が少ないから、瓦礫の中で休眠状態だったんじゃないかねぇ？　敵を認識して再稼働したんだと思う」

「敵って、私達のことですかぁ!?」

「普通に考えてそうだろ。それよりも埋まっているうちに逃げるぞ。こいつが瓦礫から這《は》い出してきたら俺達じゃどうしようもない」

「時間を稼ぐから、君達は安全な場所に隠れてくれ。さぁ、パーティーやろうぜぇ」

『『うわぁ～、すんごく生き生きしてるぅ～……』』

刀を引き抜き構えるゼロス。

ツヴェイト達が急ぎ近場の建物の中に避難していく中、ロボットは瓦礫から這い出しながら、立ち上がろうとしていた。

埋もれていて分からなかったが、なんとガトリングガンにミサイルポッドまで搭載している多脚戦車だった。

「なるほど……。陥没した穴に嵌《は》まった上から瓦礫で埋められたのか。このフィールドが外の世界のどこかにある過去の再現だとするなら、これと同じ状態のオリジナルが世界のどこかにあるということかな？」

呟きながらも、少しでも情報を得ようと鑑定スキルを使うゼロス。

＝＝＝＝＝＝＝＝＝＝＝＝＝＝＝＝＝＝＝＝＝＝＝＝＝＝＝＝＝＝＝＝

【TST－X103試作型多脚戦車】

武装
主砲88㎜魔導式砲
7・52㎜対人用タレットガトリングガン×左右二門
作業用腕部高出力レーザー×前方部に左右二門
八連装マルチプルミサイルランチャー×二基
バリケード破砕作業用マニピュレーター×二腕

概要
魔導文明期に製造された六本脚の多脚戦車。

第387独立機甲部隊に所属する局地戦仕様の戦闘試験車両。

搭乗者二名。

装甲は鉄とミスリル、ダマスカス鋼の複合合金製。

有人機だが無人機としても使用可能。無人機として使用した場合、識別コードがない対象物に対し無差別に攻撃を加えてくる、融通の利かないデータ収集用の実験機で欠陥機。

アルハラン軍ローメリア基地への強襲戦にて防衛側で参加し、爆撃で開いた穴にはまり瓦礫で埋没。一時的にシステムダウンしたまま放置された。

搭乗者は無人攻撃システムを作動させ離脱。

その後、撤退中に味方による爆撃に巻き込まれ、両名共に二階級特進した。

＝＝＝＝＝＝＝＝＝＝＝＝＝＝＝＝＝＝＝＝＝＝＝＝＝＝＝＝＝＝＝＝＝＝＝

『おう……頼んでもいないのに知らない歴史が……。つか、八十八ミリ――アハト・アハトだとぉ!?　そいつは素敵だぁ、大好きだ!!』

余計な文面が気になるが、今は目の前のロボット――多脚戦車に集中することにする。

瓦礫の中から這い出してきた多脚戦車は、見た目があまりにズングリしていた。

「何というか、戦車の車体に、無理やり腕や脚、ついでに大型ミサイルポッドを搭載したような形状だねぇ。こんなのいい的だろ、実用的じゃない」

フォルムはドイツ軍戦車に近いが丸みがあり、六本の太い脚によって車高が高く、レーザー搭載の腕が前方下部に取り付けられている。

独特の形状をしているが、車体デザインそのものはクラシックだ。

正直『なぜ普通に戦車にしなかった！』とゼロスは叫びたい。

車体形状がどう見てもヤドカリにしか思えなかった。

センサーが明滅し、左右に付いた二門のガトリングガンがゼロスへと向けられる。

そして――、

――ヴゥゥウゥン……Ｇａｇａｇａｇａｇａｇａｇａｇａｇａ!!

――容赦なくぶっ放した。

ゼロスは銃弾を避《よ》けながら懐へと詰めると、太い脚を刀で斬ろうと試みる。

だが、多脚戦車は太い脚の装甲を開くと同時に空気圧によって浮き上がり、大きさに似合わぬ速度でバックしつつ、重心移動で態勢を変えてゼロスの斬撃を避けてみせた。

同時に車体下の腕を突き出すと、レーザーを乱射する。

「急速ホバーによる離脱からレーザー攻撃……くっ、ミスト！」

走りながら霧を生み出す水魔法【ミスト】を発動させ、レーザーの威力を半分以下に下げつつ、多脚戦車に搭載されたカメラに映らないように木々を蹴って飛び回り、照準を合わせられないように立ち振る舞う。

多脚戦車はセンサーで動体感知しているが照準を合わせられず、ガトリングガンも銃身を動かすだけで混乱していた。

そこにゼロスは斬撃を加え、ガトリングガンの一つを潰《つぶ》すことに成功した。

「チッ……この手応え、装甲が厚いだけでなく強化魔法で硬度を上げているのか。この刀……【迅《じん》雷《らい》】も気合い入れて作ったんだがなぁ～……」

ぼやきながら二基目のガトリングガンを使用不能にするが、二度の攻撃で迅雷の刃が欠けてしまった。

武装は壊せるが、本体を倒すにはかなりの強度を持った武器で戦わなくてはならないようだ。

超重量の武器で戦うのもいいがロマンがない。

地面に着地しどうするか悩んでいる最中、多脚戦車の太い脚の装甲が突然開き、再び猛烈な勢いで空気を吐き出し始める。

『ま、まさか……』

思った瞬間、総重量がどれほどあるのか分からない車体が、まるで弾丸のように加速しゼロスへと迫る。

「いやいやいやいや、その加速力はおかしいってぇ!!」

何十トンも超える車体をものともせず瞬間的に超加速力を与えるホバーを駆使し、轢《ひ》き殺す気満々で猛然と迫る多脚戦車。エアスラスターが大出力だとしても異常すぎる。

しかも、まるでゼロスが最も危険な存在であると認識しているかのように、完全におっさん一人に狙いを定めている。

焦ったゼロスは一瞬の判断を誤るも、なんとかギリギリの距離で躱《かわ》したのだが、その瞬間にゼロスは見た。

多脚戦車は加速中にもかかわらず脚部を一斉に広げ、三本の左脚部前方の装甲を開くと同時に内部スラスターを一斉に噴かせ、その場で超高速スピンを始めたのだ。

『なっ、状況判断が早いっ!?』

ベーゴマで弾《はじ》かれた独楽《こま》のように、ゼロスは回転力によって弾き飛ばされた。

ギリギリで避けたことが仇《あだ》となったかたちだ。

「ぐはぁああああぁぁぁっ！」

木々を薙《な》ぎ倒し建造物の壁面にそのままの勢いで叩《たた》きつけられる。

「師匠!?」

「先生!!」

「なんだよ、あの加速力と回転……。あの図体《ずうたい》でどうやって……」

隠れて様子を窺《うかが》っていたツヴェイト達は、あまりの衝撃的な光景に驚愕《きょうがく》した。

非常識なまでに無敵なおっさんだと思っていたのに、多脚戦車はそれを圧倒する強さを見せていたのだ。弟子二人には信じられない事態だった。

エロムラも多脚戦車の高性能っぷりに絶句する。

「うっ……ぐ……。あんな真似ができるのか……。いや、もしかしたら倒した他の警備用ロボットと情報を共有してるのか!?　だとしたら……」

多脚戦車は辺りの建物を瓦礫に変えながら直進し続けるも、スピン状態から態勢を整えつつ砲塔を稼働させ、照準をゼロスに定めた。

ガンカメラが標的を捉えると、レティクルが標的をロックオンし、八十八ミリ魔導砲に弾を装填《そうてん》させていた。

回転状態から復帰した多脚戦車の砲身の向きを見て、ゼロスの背筋に嫌な予感が走り抜ける。

「それ、卑怯《ひきょう》でしょぉぉ……って!?」

咄嗟に身を翻し身体強化と障壁魔法を発動させ、その場から急いで跳んだ瞬間、鼓膜を破壊しそうなほどの轟音《ごうおん》が響き渡った。

放たれた砲弾によって地面は大きく抉《えぐ》れ、体にかかる強烈な爆風の衝撃波によって豪快に吹き飛ばされたゼロス。その勢いのまま荒れた地面に転がった。

『いっつ……。ヤバイ、先ほどの近距離砲撃で耳が……。それより奴は……ゲッ!?』

思っていた以上に自分が頑丈だったことに驚きつつ視線を上げると――そこでおっさんは再び見た。背部に搭載されたミサイルランチャーのカバーが展開しているのを――。

自分を囲むように発射されたミサイルを――。

「容赦ねぇえええええええぇぇぇぇぇっ!?」

感情のない機械になにを言っているのか。

叫ぶおっさんは派手な爆炎に包まれた。

「おい、嘘《うそ》だろぉ!?　師匠……」

「先生!!」

「いや、おっさんならあの程度の爆発くらい耐えられるだろ。それよりも自分達の心配をしようぜ……」

「「えっ?」」

エロムラの指摘に、ツヴェイトとセレスティーナは多脚戦車に視線を戻す。

砲塔がゆっくりと動き、砲身をこちらに向けようとしているところだった。

「「に、逃げろぉおおおおおおぉぉぉぉっ!!」」

「いやぁあああああぁぁぁっ!!」

響き渡る砲声。

連続して放たれる砲弾。

逃げるエロムラとツヴェイト、そしてセレスティーナのすぐ背後で、砲撃によって瓦礫に変わっていく旧時代の建造物。

ミサイル攻撃で発生した熱量により、熱センサーでゼロスを捉えられなくなったことから、多脚戦車の戦略人工知能《AI》は標的をツヴェイト達に変更したようである。

普通の人間であればこれで終わっていただろうが、残念なことに相手はゼロスである。

劫火《ごうか》のような炎の中に揺らぐ黒い影。

そして、急速に増大する魔力。

多脚戦車のマナセンサーがこの魔力反応を異常として感知し、砲撃を一時的に中断。

車体をゼロスのいる方向へ向けた。

そう、炎の中には、バレットM82A1アンチマテリアルライフルを構えたおっさんの姿があった。

「派手にやってくれたじゃないか。こいつはお返しだ」

余剰電力が放出された銃口は青白く輝き、銃身内部で発生した電磁誘導により加速された弾丸は、一閃《いっせん》の光矢となって射出される。

その威力は多脚戦車の右前脚の関節に直撃しても止まらず、中央の脚部を破砕しつつ貫通し、後脚の装甲に埋没してようやく止まった。結果的に脚部を二本もぎ取ったのである。

バランスを失った多脚戦車は前方に取り付けられたマニュピレーターを杖《つえ》代わりに車体を支え、なんとか直立姿勢を維持しようとする。

グラつきながらも砲塔を稼働させゼロスに照準を合わせようとしているが、ゼロスがこの好機を逃すはずもない。

攻撃される前に間合いを詰め、すかさず砲塔の上に飛び乗った。

『このまま壊すのはもったいない。乗り込んで自動攻撃システムを解除できれば……』

このおっさん、ここにきて多脚戦車もゲットする気だった。

砲塔上部の開閉ハッチから内部に入り込み、鑑定スキルを駆使しながら計器類のチェックを始める。

『えっと……こっちは火器管制システムで、こっちはセンサー……。ん？　自動攻撃システムの制御はこの上のやつかな？　このスイッチを三つ上げて、赤いボタンと青いボタン……』

内部に敵の侵入を許してしまった多脚戦車。

こうなるともはや打つ手などない。

自動攻撃システムを切られたことにより攻撃手段を奪われ、ついでとばかりに動力部の稼働スイッチをオフにされたことにより、完全に無力化されてしまった。

多脚戦車は魔導力機関の停止によって魔力の供給を絶たれ、不安定なバランスで直立していた車体は急速に力を失い、大きく揺らぎ倒れていく。

多脚戦車の中にいたゼロスは、車体が地面に崩れ落ちる衝撃を操縦席の中で受けることになった。

「いだだ……こ、腰に……」

軍用車両なだけに、多脚戦車に快適性は求められてはいない。

もろに衝撃で腰を打ってしまったおっさんは、痛みに耐えながらも操縦席から這い出てきた。

「先生、大丈夫ですか！」

「あんな武器があるなら最初から使ってくれよ。酷《ひど》い目に遭った……」

「同志は分かっていないな。このおっさん、最初からこの多脚戦車をガメるつもりだったんだ。絶対に面白おかしく改造するに違いない」

「ふっ……当然さ。バラして内部構造をじっくり調べてみたいじゃないか」

旧時代の兵器を調べるだけではなく、その先の改造すら視野に入れていたおっさん。

だが、なまじティーガー戦車よりも大きく、とても一人では手が足りそうにない。

「暇そうなエロムラ君は手伝い確定で、それ以外はアド君とクロイサス君を巻き込もうかねぇ。ふふ……ファンタジー世界で戦車が猛威を振るうと思うと、こう……ゾクゾクしてこないかい？」

『『うわぁ～……マジだよ、この人』』

『これ、地上に持ち出すんですか？　クロイサス兄様が喜びそう……あっ、嫌な予感が』

ゼロスがヤバイ人だという事実はツヴェイト達もよく知っていた。

だが、もう一人のヤバイ人に気付いたのはセレスティーナただ一人だけである。

『混ぜるな、危険』コンビが再び揃うかどうかは神のみぞ知る、である。

◇　◇　◇　◇　◇　◇

マミーが蔓延《はびこ》るエリアをなんとか突破した勇者と傭兵達は、別のエリアに入り込んだところで目の前の光景に絶句していた。

「「「「なに、ここ……」」」」

辺り一面が焼き尽くされ、荒廃した終末の世界。

キノコに手足がついた魔物が焼け焦げた瀕死《ひんし》の状態で蠢《うごめ》いているその場所は、どこぞの大賢者が広範囲殲滅《せんめつ》魔法【煉獄炎焦滅陣《れんごくえんしょうめつじん》】を放ったエリアだ。

一言で表すのであれば灼熱地獄後の世界である。

「ここ、通らないと駄目なのか？」

「他にルートがないんだから、この先に進むしかないでしょ」

「いや、しかし……」

地表を含め高温に晒《さら》された場所はガラス化しており、それ以外の場所は半ば溶岩状態。歩いて行けるかどうかも不明だ。

冷えてきているのだとは思うが、いまだ冷めやらぬ熱が滞留しており汗が流れる。

「……上に続く道、あると思うか？　溶岩で塞《ふさ》がってんじゃね？」

「文句を言っている暇があるなら探しなさいよ。あんたのせいで、こんなことに巻き込まれてるんだから」

「ダンジョンの変化は俺のせいじゃないよな!?」

『『こいつ、尻に敷かれてやがる』』

勝彦《かつひこ》の尻を蹴り飛ばし、渚《なぎさ》は灼熱の荒野を行く。

ただ地上へ戻るために……。

おまけの傭兵達に呆れられながら。

第四話　おっさん、ダンジョンの謎に直面する

未知の存在とは……魔物でも人間でも初見で遭遇した時点の脅威度は計り知れない。

何の情報もなく、考える暇も与えられず、即座に行動の選択を迫られる。

そこで重要となるのは経験だろう。

では、経験が足りない場合はどうなるだろうか？

特にダンジョンという予測のつかない環境下では、最も必要となるのは危機察知能力。生物が放つ気配や敵意、殺気を感じとる能力だ。

どこにあるかも分からない罠《わな》を即座に見分け、近寄る獰猛《どうもう》な魔物の気配をいち早く察知し、状況次第では撤退する決断力を持てるようになるまで相当な修羅場をくぐり抜けなければならない。

それだけの技術を持ちながらも手練《てだ》れの傭兵《ようへい》が死に至る場所、それがダンジョン。

様々な要因や運もあるだろうが、特に死者が出やすいのは帰還中の人的ミスによるものが多く、それ以外では想定外の魔物が出現した場合がほとんどだ。

なぜこのような話を出したのかだが――、

「剣や革鎧《よろい》……リュックに散乱した戦利品の数々。ここで死んだ傭兵達がいたようだねぇ」

「ご遺体はもう見当たらないですね……」

「このエリアでリタイアか……。最後はダンジョンの餌だなんて、嫌な死に方だな」

「傭兵ギルドに報告しても、これじゃ被害者の判別は難しいよなぁ～。死体すら残してねぇんだもん」

――ゼロス達は、傭兵達が無残に殺されている現場に遭遇していた。

アスファルトの上に残されたおびただしい量の血痕と、その周辺に散乱する装備品の状況から、帰還中の傭兵達が一方的に攻撃を受けたのだろうと判断する。

襲撃したのはゼロスが倒した無人攻撃ロボットと同系型だと思われる。

「あの傭兵三人は、運が良かっただけのようだねぇ。いや、もしかしたらここで犠牲者が出たから逃げ切れたのかも……」

「事実なら、結果的に囮《おとり》になったということだな。本当に嫌な死に方だ」

「報われませんね……」

「迷わず成仏してくれよ。南無阿弥陀仏《なむあみだぶつ》……」

常識が通用しない空間世界、それがダンジョンである。

こうした悲劇は人知れず世界各地にあるダンジョンで起きているのだが、現場を見てしまった者達にとっては他人事《ひとごと》で済ませられる話ではない。

いつ自分達が同じ末路を辿《たど》るか分からない、非情で無常で冷酷な現実が容赦なく示されているからである。

「襲ってきた無人機は司令塔っぽい多脚戦車を含めて倒したけど、他にもいるのかねぇ？　建物も周囲が木々で覆われているから全容が分からないし、どんな施設だったのか推測もできない……」

「やっぱり最初に下りてきたあのタワーみたいな建物が気になるな……。あれ、いったい何の建物なんだ？」

「たぶん、発電所の放熱用煙突じゃないかい？　そう考えると納得できるものがあるんだけど、そうなると『じゃぁ、この施設はいったい何なんだ？』という疑問が出てくる」

「軍用施設なんじゃないの？」

「一言で軍用施設といっても色々あるよ。なんとなく雰囲気からの推測だけど、秘密の研究施設だったんじゃないかな？　知らんけど」

「いい加減だな」

いい加減だと言われても、それ以外に答えようがない。

ゼロスは木々の中に埋もれた遺跡の全容を知ろうとあれこれ検証しているのに対し、エロムラは疑問を投げかけるだけで、自ら答えを導き出そうとしていない。

簡単に軍事施設と言ってくるところを見ると、それ以上のことを知ろうと努力する気がないように思える。

「比較的原形をとどめている建物を重点的に調べよう。サイロみたいなのが発電所の放熱施設だとすれば、研究施設も配線の通しやすい地下にある可能性が高い。どこかに地下へと通じる場所があるはずだ」

「発電所ってなんなんだ？　師匠」

「魔力を利用して別のエネルギーを生み出す施設と呼ぶべきか……。要するに膨大な電気を発生させる施設のことだよ」

「電気って、雷のことですよね？　力を生み出して何に使っていたんでしょうか？」

「建物の明かりや機械を動かしていた。ロボット――あのゴーレム達を作り出す機械を動かすのに必要だったから、こうした施設が作られたんだろう」

「魔力だけじゃ駄目なのか？」

「旧時代――魔導文明期には魔力以外にも代替エネルギーが使われていたのは事実だね。水力や地熱発電、太陽光発電だけど……原子力はどうなんだろ？　えっと、魔力は魔法という現象に変換しても、一定時間のうちに元の魔力に戻ってしまう。けど、実はここに危険な落とし穴があるんだ。問題となるのが高密度魔力の飽和現象。魔力を利用するために大量の魔力が集中しすぎると、妖精や悪魔を生み出す魔力溜《だ》まりを生成してしまう。最悪、手に負えない凶悪な化け物が出てくるんだわ」

一定の数の兵器が集中するような軍事施設において、無人兵器の動力炉の数次第では集まってくる魔力が拡散されず飽和現象を起こし、魔力溜まりが生み出され、やがて妖精や悪魔などの凶悪な半物質生命体が放出され災害を呼ぶことになる。

更に、そういった存在が瘴気《しょうき》を吸収していくことで、もっと厄介なものへと進化・成長する。所謂《いわゆる》【魔王】と呼ばれる存在へとだ。

旧時代ではこういった一連の被害を【妖魔災害】と呼んでいた。

周辺の植物や動物などにも過剰成長を促し魔王に進化させることもあり、被害が拡大することで人間の精神にも影響が出るので、毎日が【恋愛症候群《ラブ・シンドローム》】による奇行が横行する状態となる。

魔力は確かに便利なエネルギーでもあるのだが、許容量を超える過剰な魔力は害悪でしかなく、どうしても魔力に頼らない代替エネルギーが必要だった。

「龍脈を利用した発電施設がイーサ・ランテにあったね。邪神戦争以降、アンデッドや悪魔が魔力溜まりから実際に生まれていたんだなぁ～。都市機能が停止していたのに防衛の魔法が維持されていたのも、その魔力溜まりが偶然にも魔力電池のような役割を果たしていたからで、地下街道工事のトンネルが偶然通気口となり、溜まった魔力が外部へ流れていったことで、工事関係者や調査隊が精神暴走を引き起こすこともなかった。運がよかったねぇ」

「クロイサス兄様が喜びそうな話ですね」

「研究馬鹿だからな、アイツ……」

「こんな話を聞いたら、わざと魔力を集めて魔力溜まりを作るんじゃゃね？　この場所のことも、知ったらたぶん嬉々《きき》として突入してくると思うんだけど……」

「笑えねぇ冗談を言うなよ、エロムラ……。アイツなら絶対にやるだろ」

こと研究という話が絡むとクロイサスは信用が置けない。

知的好奇心を暴走させ、それこそ危険を顧みず突撃することが目に見えている。そしてとんでもない被害を周囲にもたらすのだ。

そんなクロイサス君は現在、自室でクシャミをしつつ魔法式の解読作業に専念していた。

「研究施設があるのであれば、物資を搬入するのにもそれなりに大きな建物が必要。特に空輸には開けた場所がベスト……となると条件は限定される。だとするなら………あの辺の建物が怪しいか？」

ブツブツと呟《つぶや》きながら、ゼロスは周囲の状態からそれらしき建物の場所を予想する。

建物自体は木々で埋まっており、他の建物も崩壊し落ち葉などが長い年月をかけて堆積して土と化していたが、痕跡は隠すことはできない。

マッピングもしているので、ある程度は施設の配置を読み解くことができた。

自身の予想を信じ、ゼロスはこれだと思える場所に向かって歩き出す。

そして一行が辿り着いた場所が、格納庫跡と思《おぼ》しき場所だった。

金属の枠組みだけを残し、壁や屋根などは完全に崩落しており、不自然な平原が出来上がっている。おそらくは滑走路かヘリポートのような場所だったのだろう。

残された建造物の瓦礫《がれき》の手前には、明らかに自然のものとは思えない長方形の窪地《くぼち》が二ヶ所存在しているのを発見した。

土砂や腐葉土で埋まってしまった地下通路だと仮定する。

「…………【エクスプロード（弱）】」

「おわぁ⁉」

「ひょわっ⁉」

「いきなり魔法をぶっ放すなよぉ、一声かけてくれぇ‼」

何の合図もなしに溜まった土をエクスプロードで吹き飛ばすと、予想通り地下へと続く通路――搬入口が現れた。

ここから物資を搬送していたのだとすれば、奥はおそらく物資保管庫と思われる。

ここに手つかずの機材や見たことのない魔導具があると思うと、逸《はや》る心と期待値がいやがおうにも高まり、今すぐ突撃したい衝動にかられるのを必死に我慢する。

「フフフ……この先に何があるのか、実に楽しみだねぇ。旧時代の機械が保管されていたら、おじさんのテンションが上がっちゃうよぉ～♪」

「いや、もう既にテンションが高いだろ」

「あの……先生？　旧時代の魔導具は、全て国で調べることになっているんですけど」

「あのおっさんはもう、お宝しか目に映ってない。何を言っても無駄だぞ」

今にもスキップしそうなほど上機嫌のゼロスは、我先にと足を進めた。

もし多脚戦車の部品などが存在すれば、一から製作せずに修復できる。

改造するにも部品製作には鉱物資源が必須なため、ここで部品を大量に発見できれば、採掘した鉱物を別のことに使える余裕ができる。

打算的だがおっさんとしてはこの波に乗る気だ。

『敵は機械だ。ここは武器を銃に変更するかねぇ』

旧時代の兵器に生半可な攻撃——特に剣や魔法は有効ではない。

堅牢《けんろう》な装甲には、よほどの技量がない限り効かないことは多脚戦車戦で証明済みだ。

選んだ武器はM16アサルトライフル。気分はもうどこぞの特殊部隊のようだった。

先行して通路の角に差しかかると、ゼロスは静かに奥を確かめ敵の存在を確認。いないと判断してから無言でツヴェイト達を呼ぶ合図を送る。

「ここは……」

「物資格納庫……いや、集積場か？　コンテナがあるぞ」

「この中には何があるのでしょう」

「開けてみるかい？　意外と面白いものがあるかもねぇ」

にやけるおっさんの悪魔の囁《ささや》き。

ツヴェイトもセレスティーナも旧時代の遺物には興味があり、どんなものが残されているのか大いに気になっていた。

だが、なにかと法がらみのものが多く、発見次第、報告と献上の義務があった。

「凄《すご》いものがあったとしても、国に接収されるんだよな……」

「ツヴェイト君、君は何か忘れてやしないかい？」

「何をだよ、師匠」

「ここはダンジョンが作り出した旧時代の複製物だよ？　遺跡から発見されるならともかく、ダンジョンから発見されたものの所有権は発見者にある。つまり……」

「ちょっと待った！　まさか師匠、ダンジョンから発見されたことを口実に旧時代の遺物を……」

「ここは数時間前に作り出されたものだよ。果たして複製品を遺物と言えるのかい？」

「屁理屈《へりくつ》だろぉ、それぇ!!」

確かに、ダンジョンが作り出した複製品という理屈は合っているかもしれないが、発見されたモノ次第では報告する義務が生じる。それが兵器であればなおさらだ。

だが、このおっさんは懐に入れる気満々である。

『複製品だろうと、旧時代のものだったら国に預ける必要があるだろ』とまともな反応を示すツヴェイトと、『どんなものが発見されようと、ダンジョンが生み出したという事実は消えない。強力な効果を持つ剣だって、発見した傭兵達のものじゃないか。旧時代のものだという括《くく》りをつけるのはおかしい』と反論するゼロス。

どこまでいっても平行線である。

「お二人とも元気ですね」

「まぁ、おっさんなら疲れたりしないだろう。さて、コンテナの周りは錆《さ》びついているけど、肝心の中身の方はっと……」

騒がしいゼロス達を無視し、ちゃっかり目の前に並ぶ巨大コンテナを調べ始めるエロムラ。

コンテナ本体の外見は錆びついているように見えるが、長期保存を目的とした構造をしており、中身は意外なほど綺麗《きれい》なままであった。

「うおっ!?　いきなり警備用ロボットかよ……。しかも真新しい」

「まさか、この箱の中に収められているものは全て……。攻撃してきませんよね？」

「動かさなければ大丈夫だろ。こっちのコンテナは部品……いや、これは何の機材だ？」

コンテナの中身は新しく搬入されたであろう警備用ロボットとその部品。他はキーボードやスイッチが並んだ何かの操作を行うための大型の機材だった。

コンテナの一つ一つを確認していくエロムラの後ろで、ゼロスがインベントリー内に片っ端から回収していく。一つも残す気はないようだ。

「あっ、ノートパソコンを発見。けど、電源がないと使えねぇな」

「ほうほう、こいつはいいものが出てきたねぇ。この施設の備品として搬入したが、使われる前に滅んだと見るべきかな？　だが……」

そうなるとますますこの施設が何なのか謎が残る。

多脚戦車や警備用ロボットの存在から軍事施設なのはほぼ確定しているが、コンテナなどの中身が回収されたような形跡はなく、戦闘後にそのまま放棄されたと推測することができる。

多脚戦車の鑑定結果でこの施設は強襲を受けたことが判明しているのだが、襲撃された原因が何であるのかは謎だ。

過去の歴史をどこまで忠実に再現されているのかも気になるところだ。

『強襲を受けるほどの軍事施設ということは、何かの研究をしていたのかねぇ？』

あらかた回収を終えたゼロス達は隣の部屋へと慎重に踏み込むと、そこは整備中のまま放置された戦車や警備用ロボットを整備するハンガーだった。

速攻で擱座《かくざ》している戦車と警備用ロボットを回収。

「先生は、そんなにゴーレムばかりを回収してどうするんですか？」

「ん～、外装は金属に戻して、中の機材は調べてから使えそうなやつを利用するよ。魔導力機関は発電機を動かす動力に使って……あっ、どこかにバッテリーはないかな？」

「やりたい放題ですね。これって窃盗《せっとう》になりますよ……」

「リサイクルすると言ってくれないかい？　そだ、無傷のコンテナもいくつか回収しておくか」

そもそも今の魔導士達にこれらの兵器群を渡すのは望ましくない。

その理由として、魔導士達にはこれらの兵器を止める手立てがなく、調査中にうっかり暴走を引き起こされたら犠牲者もかなり出てしまうだろう。

碌《ろく》な知識もないのに不用意に国に引き渡すのは、あまりに危険だ。

無論、これはゼロスの後付けの理由であったが……。

「おぉ、これは液晶モニター！　こっちは電子部品！　いいぞ、これでデスクトップくらいは組めそうかな？　ＯＳはどうしよう……回収したノートＰＣから移植しようかね？」

「マジで賢者だったんだな、師匠……」

「最近、すっかり趣味の人って認識が定着してましたから……」

「ＰＣ作れても、エロゲーができないんじゃ意味ないな。インターネットもないんじゃ、俺には宝の持ち腐れだし」

エロムラの最低発言。

だが、方向性は違うがある意味においては真理でもある。

専門家でもない人間がプログラムを組んだりすることはなく、せいぜい文章を書いたり必要な情報の検索くらいにしか利用しないだろう。

仮にサイトを開設したとしてもこの世界では誰も見ないので意味がない。

宝の持ち腐れというのも間違ってはいないのだ。

「一応、インターネットも軍事目的で作られた技術なんだけどね。命令系統を一本に絞るのではなく、多角的な情報の伝達と共有を目的としたものだし」

「それって、戦場で命令を下す本陣が一つじゃないってことか？　逆に混乱しないか？」

「旧時代の遺物を見る限りだと、文明はかなり高度な発展をしていたようだよ。当然だけど戦争のやり方が今とは違うわけで、敵の攻撃でいきなり本陣が潰《つぶ》されることもあった。けど、別の場所に命令を下す施設があれば、動いている部隊に作戦を継続して伝えることが容易だろ？　イーサ・ランテもそんな拠点の一つさ」

「あの地下都市、軍事拠点だったのかよ。なんか、恐ろしい世界だな……」

「そうでもない。全ての国家が大量破壊兵器を一つでも保有していれば、必然的に大きな戦争は起こりにくくなるものさ。国家同士で牽制《けんせい》し合い、軍事力を迂闊《うかつ》に使うことができなくなるからね。戦争するにも正当性が認められない限り世論から吊《つ》るし上げを食らうし」

「でも小競り合いの戦争はあるってことだろ」

「あとはテロ活動かな？　そこまでくると経済重視の世界になるから、軍の役割は防衛にシフトするね。侵略戦争なんて金ばかり掛かるから、やる意味がない」

ゼロスの簡単な説明を聞き、ツヴェイトは頭を抱えた。

今の時代において戦場で武勲を立てることは名誉だが、魔導文明期は戦争など無意味という真逆の価値観の時代だという。

大量破壊兵器を国同士でチラつかせ牽制し合う状況など、ツヴェイトにはとても平和とは言いがたく、一歩間違えばその兵器で悲惨な戦争が引き起こされるという綱渡りにしか思えなかった。

それでなぜ経済重視になるのか理解できずにいるのだ。

一方のゼロスは『そんなに難しく考えることかねぇ』と、実に他人事である。

「武器が同等なら、引き起こされる悲劇やもたらされる被害の予想はつくでしょ。それでも優位に立つには、他国を圧倒する経済大国になればいい。それが無理な小国家なら、技術大国になることで無視できないほどの発言権を得ればいいのさ。どんな形でも経済で他を圧倒できれば武力での恫《どう》喝《かつ》なんて意味がなくなるだろ？　貿易で国の利益を共有したり、逆に経済圧力をかけて潰すといったことは、今の世でも行われていることなんだから」

「理屈ではそうだが、納得がいかねぇ……」

「リアルな戦争よりも欺瞞《ぎまん》に満ちた平和の方がマシなのさ」

「ゼロスさん、それってパクリだろ。あと、銃で遊ぶのは感心しないぞ。ツキが落ちる」

M16を構え遊んでいるゼロスにエロムラが突っ込む。

おっさんとしては、ツキを落としまくっている彼にだけは言われたくないセリフだった。

「先生、もうここは調べ終わりましたので、先を急ぎましょう」

「そだね。未来のことは若者が考えることさ。未来が真っ暗な若者もここにはいるけど」

「仕返しにしてもその言い方はひでぇよ……」

ぼやくエロムラを無視し、更に奥へと進んだ。

やることはさっきコンテナを荒らしたこととさほど変わりない。

部屋を見つければ家探《やさが》しし、何かの部品を発見すれば即座に回収。正体不明な機械もとりあえず回収といった具合だ。

奥に進むというよりは地下に下りるといった表現が正しく、施設の部屋を全て調べてから階段を下り、階層ごとしらみ潰しに漁《あさ》っていく。

地下十三階辺りの研究施設を前にして、今までとは異なる隔壁で塞《ふさ》がれた部屋の前に到着した。

その部屋は物々しい金属の自動ドアによって塞がれ、奥に行くには壁に埋め込まれた機械にカードキーを差し込まねば開かない仕組みだ。

しかしゼロス達は事細かく探索したので、既にカードキーを発見している。

「ここまで十三階層。まだ先があるのか……しかも随分と物々しい」

「俺の予想だと、どう見ても何かの研究施設だよな？　ここまで来るのに妙な研究資料を見たから、なんとなくそう思っていたんだけど……」

「研究施設だとなんかまずいのか？　これだけ朽ちているんだから、重要なものなど残っていないだろ」

「どうだろうねぇ、軍用武器すら放置してあったんだよ？　放棄されるほどの危険な施設である可能性が高い。資料のいくつかを少し読んだけどさ、かなりヤバい研究をしていたみたいだねぇ」

「先生、その研究資料の内容を詳しくは…………教えてはくれないんですね」

無言で手を振りながら資料内容の開示を拒否しつつ、ゼロスはカードキーをスリットに通す。

持ち主が誰かも分からないカードキーの認証情報を読み取り、金属製の扉はゆっくりと開き始める。そこで見たものは――、

「……お、おっさん……。アレってもしかして……」

「間違いない。アレは……」

「師匠、アレがなんだか分かるのか？」

「私には円形のリングを模したオブジェにしか見えないんですけど」

――ゼロスとエロムラにとっては、ＶＲＲＰＧ【ソード・アンド・ソーサリス】ではお馴染《なじ》みのものだった。

つまり、ツヴェイトとセレスティーナは初めて見る機械である。

【転送ゲート】。

ゲーム内で世界各地を飛び回ったことは懐かしい思い出だ。

「……転送ゲート。存在していたのか」

「この施設、転送実験をしていたのかよ。まさか空間跳躍の人体実験にまで手を出していないよな？」

「充分に考えられるよ。非人道的な実験を行っていたことがバレたから、関係者ごとこの施設を消

そうとしたのかもしれない。不都合な真実ってやつかもねぇ」

「こうした施設って、秘密にできるものなのか？　建築するにも物資搬送の記録でバレるんじゃね？」

「施設そのものは普通の設計なんじゃないかい？　ただ、どんな実験を行っているのかまでは外部に秘密だった。それが何らかの理由で知られて攻撃されたと考えるべきかな？　そもそも、オリジナルの施設がどこに建築されていたのか分からないんだから、当時の状況なんて知りようがないんだけどね」

「あっ……忘れてたけど、ここはダンジョンの中だったっけ」

憶測《おくそく》の域を出ない空論。

だが、構造からみて地上にあった施設であることは疑いようもなく、おそらくこの先ではかなり危険な研究をしていた可能性が高いという予感があった。

歴史の裏に埋もれた施設を忠実に再現しているとしたら、このエリアの更に奥に不都合な真実が隠されている可能性もある。

ジャングルに覆われて全容は不明だが、かなり大規模な基地だったに違いないのだから。

「転送ゲート……か。床の障壁展開魔法陣が直径五メートルくらい。中央のゲート構築リングは人一人が通過できるのがやっと。どう見ても実験用の未完成品……ということは、この世界のどこかに完成品もあるのかねぇ？」

「奥の部屋……どこまで続いているのかは分からないけど、このパターンだともっとヤバイ施設が見られるんじゃね？」

「行くかい？」

「怖いもの見たさで……」

ゼロスとエロムラは先にある真実を知る気満々だ。

話に入れないツヴェイトとセレスティーナは互いに顔を見合わせる。

この二人にしても、知らない歴史を知るということに少なからず興味が湧く。たとえそれが人の倫理観を逸脱した非合法的なものでもだ。

「君らも来るかい？　正直に言って、この部屋から先に進むのはあまりお勧めできないんだけど」

「い、行きます！」

「旧時代はとにかく謎が多い。文献からは断片的なものしか分からず、実際にどのような国家だったのか研究者や考古学者が遺跡などから調べている。これは真実の一端を知るチャンスだ」

「僕は、ちょいと嫌な予感がするんだけどねぇ。ついてくるなら覚悟を決めたほうがいいだろう」

歴史には知らなくてもよい真実というものがある。

暴いてしまったことでこれまでの常識が覆ることや、場合によっては人という種に対して嫌悪感を抱くこともある。再現された過去の遺物とはいえ高度な文明の裏側など知る必要はないと思う。

「不都合な真実があるのだとすれば、それを知っておく必要があると思います」

「俺も同感だ。魔法という技術の可能性は俺も信じているが、綺麗なものばかりではないことも既に覚悟している。俺はこの施設で何が行われていたのか知りたい」

「歴史に埋もれた人の悪意かもしれないよ？」

「それでも俺は知りたい。いや、知らなくてはならない気がする」

「私もです」

魔法国家の貴族として生まれ、魔法という力に対し理想を胸に抱く二人の決意は固いようだ。

調査を進めながら通路をマッピングし、建物の構造をおおよそだが理解した。

この研究施設はアリの巣のような構造で、地下に進むにつれ施設は広くなっていき、階層ごと各研究分野に分けられているようであった。

転送装置の実験場や薬品などの研究、兵器開発のようなことも行っていたようだ。

特に細菌を培養研究する施設があったことで、ゼロスとエロムラはこの施設の存在理由をおおよそ把握した。化学兵器の開発施設だ。

そして、更に下層へと進んだとき、ゼロスとエロムラが予想した通りのものを発見した。

ツヴェイト達にはその光景はあまりにおぞましいものであった。

「うぷっ！」

「ひ、酷《ひど》い……」

「生物の改造……やっぱりやってたな。上の階層で細菌の研究施設もあったから、もしかしたらとは思っていた」

「生物兵器……魔物を改造していたようだねぇ。ただ、この先にはもっと酷いものがありそうだけど」

映画などである程度の免疫があるゼロスとエロムラでも、並んで配置された培養ポッドの中に浮かぶ実験動物達の姿を実際に見てしまうと、あまりにも酷くて顔を背けたくなるほどだった。

全てが奇形生物で、中には解剖されたまま保存されているものもある。

機械が埋め込まれた個体も存在していた。

「この先……？　ま、まさか!?」

「ツヴェイト君が今想像したことは当たっているかもねぇ。ここは魔物ばかりだけど、奥にはおそらく人体実験の証拠が揃《そろ》っていると思う」

「こ、こんなの……悪魔の所業じゃないですか。なんでこんな酷いことができるんですか！」

「人を救う技術も、悪用すれば悪魔の技に早変わりだよ。逆にこうした実験から多くの人々を救う技術が生まれることもある。何事にも二面性はあるさ。これは悪いほうだけどねぇ」

「旧時代は、高度な技術を生み出した偉大な文明だと思っていたが、こんな倫理観を無視した真似をしていたとは……。俺達もこのまま進めば……」

ツヴェイトとセレスティーナは魔法と技術の行きついた先を見てしまい、青ざめた表情で項垂《うなだ》れていた。よほどショックだったのだろう。

気がつくと、そばにいたはずのエロムラの姿が見当たらない。

「あれ？　エロムラ君はどこに……」

「お～い、おっさん！　こっちに凄くヤバイものがあったぞ！」

「何を発見したんだか……。君達はこれ以上、先に行くことはお勧めしない。僕はエロムラ君のところに向かうから、先に転移ゲートのあった研究室まで戻っていてくれ。これ以上は見ないほうがいい」

「……そうさせてもらう」

「…………正直、これ以上は見るに堪えませんから」

一時的にツヴェイト達と別れ、急ぎエロムラの声のした奥へと向かったゼロス。

やはりというべきか、培養ポッドの中に浮かぶ人体実験の被験者が両サイドに陳列されており、思わず『ファンタジー世界はどこへ消えた』と突っ込んでしまった。

まるで近未来のホラーアクション世界に迷い込んだ気分だ。

「おっ、きたきた。ゼロスさん、こいつを見てみろよ。すげぇよ」

「……うっわ」

エロムラが発見したものは、巨人族をベースにサイボーグ化した生物兵器だった。

かろうじて人型の原形はとどめているが、右腕が巨大な剣で左腕がエネルギー兵器を思わせるような砲身。胸部や背部に埋め込まれた機械やチューブの数々がより悍《おぞ》ましさを引き立てている。

しかも……、

「嘘《うそ》でしょ……。これ、生きてんの？」

この生物兵器は生きていた。

ここにきて、ゼロスは新たなダンジョンの謎にぶつかったのである。

◇　◇　◇　◇　◇　◇

ソリステア魔法王国のある北大陸から海を挟んで遥《はる》か南に進んだところに、熱砂の大地と呼ばれる南大陸がある。その内地に存在する山脈を上空から見下ろす者がいた。

上空三千メートルから見下ろす者は、瞬《まばた》きすらせず山脈のただ一点だけを見つめ続けている。

「ふむ……ここはまだ機能停止はしておらぬようだな。いや、休眠状態だったところ急激に魔力が失われ、緊急事態と判断し一部の機能が活動し始めていたというところかのぅ」

誰に聞かれるともなく呟いたのは、かつては邪神と呼ばれた存在で、現在【アルフィア・メーガス】と名乗る高次元生命体である。

彼女の基本的な役割は一つの次元世界を管理することであるが、最近までその能力を行使することが叶《かな》わず、長き時を封印されていた。

今は管理権限の半分ほどを取り戻したが、それでもこの世界を管理することはできず、毎日惑星外から地上を監視し四神の動きを調べる日々を送っている。

だが、四神の残り――フレイレスとアクイラータが動かない以上、権限の解放はできず、能力が中途半端に機能している今の彼女にできることなど限られている。

そこで残りの二神を捜すのを一時中断し、世界の再生に動くことにした。

アルフィアは惑星中を飛び回り、かつての創世期に残されたシステムを探しあて、少しでも機能していないか調べていた。

結論から言えば、ほとんどが完全に活動を停止した化石状態で発見された。

それでも諦めず慎重に調査を続けたところ、ついにその一つを見つけることに成功した。

「……しかし、その活動も弱々しいのぅ。まぁ、我《われ》が力を注げばなんとかなるやもしれん」

アルフィアの視線の先には、砂漠の中心にある巨大な山脈。

いや、山脈というにはその形状はおかしかった。

岩場だけの巨大な山脈が、砂漠の中心に忽然《こつぜん》と存在している。しかも上空から確認すると、その場所は多少歪《いびつ》だが恐ろしく巨大な円形をしていた。

これが本当に山脈の一部であれば不自然な形状だ。

「まずは結界を張り、生きているところだけを活性化させる。上手《うま》くいけば急速に成長してくれるじゃろう」

彼女が感じ取っているのは、本来であれば物質世界には存在していない力だった。

性質的にはアルフィアに近い。

だが、その力の輝きはあまりにも弱々しい。

儚《はかな》いまでに消え入りそうなその力の拡散を防ぐべく、アルフィアは半径二百キロメートルの結界を張り巡らせ保護すると同時に、高次元から流入し続けるエネルギーを慎重に流し込む。

『むぅ……今の我では力の調整が難しい。本体も抑えてくれてはおるが、やはり不完全な状態では苦戦するか……』

悪戦苦闘しながら高次元からのエネルギーを絞って同調させ、あるべき機能を活性化させていく。

一度活性化するとあとは爆発的に再構築と増殖を始めた。

異変はすぐに目に見える形で起こる。

岩だけの山脈が突如として崩れだし、岩肌を突き破るように内側から急速に成長してくる生命力に満ち溢《あふ》れた木々。まるで蛹《うじ》からの脱皮のようだ。

実際は木々ではなく、全てが一本の巨大樹から生える枝であった。

広大な砂漠の真ん中で、突如として広がり始める緑地帯。

虹色に輝く青葉からは膨大な魔力が放出され、結界内部を濃密な魔力で満たしていく。

「目覚めたか……惑星環境制御システム。【ユグドラシル】よ」

それは、世界再生の始まりであった。

第五話　おっさん、生物兵器を処分する

ひときわ異彩を放つ巨大な培養槽に、これまた異様な巨人の生物兵器が浮かんでいた。

信じられないことだがこの生物兵器は生きており、機械の目でこちらを認識しているのか、そのレンズに赤色の光が頻繁に明滅を繰り返していた。

だが、これはあまりにもおかしい。

そもそもこの施設はダンジョンによって複製されたものであり、言ってしまえば映画を題材としたテーマパークのようなものだ。ダンジョンが複製したものなのだから、培養槽の生物兵器が生きているはずがないのだ。

逆に生物兵器が生きていると仮定した場合、ダンジョンコアは生物すら複製できることになる。

『いや、待て！　よく考えてみれば、ダンジョンコアは植物を複製させている。次元からずれた異空間内に広大な世界を構築する以上、一から植物を召喚して繁殖させるのは非効率的だ。エリア構築した後に繁殖させたとして、どう考えても時間が足りないじゃないか。最初から……生物を生み

出す力があったということか!?』

広く見れば植物も生き物だ。

だとすれば、魔物も複製できるという仮説が成り立つ。

しかし、生物の複製が作れるのだとすれば、なぜわざわざ魔物を召喚し繁殖させるのかが謎だ。

「なぜ生物兵器が複製されてるんだ。ベースになっている巨人族はダンジョンにとって、いったいどういう扱いなんだ？」

「ん〜、考えても無駄じゃないっすかね？　きっと人ならざる存在の思惑が働いてんだし」

「エロムラ君って……人生を楽に生きてるよねぇ。ある意味で羨《うらや》ましいよ」

「絶対に馬鹿にしてるよね!?」

ゼロスが羨ましいと思っているのは本当のことだ。

人は成長の過程で様々な知識を学び、個人差はあれ学んだ知識を使い物事を判別する指標にする。それはゲーム知識が実体化したようなこの世界においても同様だ。

時には理屈に合わない現象を目の当たりにしても、持ち前の知識で現象を分析する。理解できないのは情報が少ないからだとゼロスは考える。

しかし、エロムラはそういった難しいことは考えない。

考察はほとんど人任せで、その場の状況に流され行動する。自分にできること以外は何もやらないのでストレスを感じることはないだろう。

「羨ましく思うよ。本当に……真面目に生きている側から見ればね」

「なんでかわいそうな人を見る目で俺を見んの？　そもそも、おっさんも真面日に生きているとは言いがたいんだけどぉ⁉」

「失礼な、僕はいつでも真面目ですよ。いつもいつでも本気で生きていると断言できる」

このおっさんの場合、本気の方向性が他人と比べて大きく逸脱していた。

常識人のような言動と行動をとることもあるが、基本的には趣味全開で遊ぶ自由人。どう考えても変人の部類である。

道を真っすぐ歩いていたのに気分次第で突然Uターンをし、途中から直角に曲がるほど性格が捻《ひね》くれている。こんな人物が真面目だと言ったところで信じられるわけがない。

「ハァ……もういいよ。口で勝てる気しないし……」


——カチ！


「エロムラ君や、今……何か押さなかったかい？　変な音が……」

「えっ？」

エロムラはゼロスに反論するのを諦めたとき、偶然手を置いた場所にあったスイッチを押してしまった。スイッチの上にあるパネルではカウントダウンが始まっている。

嫌な汗が流れる二人。

ゼロス達が恐る恐る周囲を見回すと、生物兵器の巨人が入れられた培養槽内部が激しく泡立ち始めていた。

それどころか周囲のパイプから蒸気が噴出し、圧力でネジが吹き飛び、別のパイプからは正体不明の液体が溢《あふ》れ出している。

「……もしかして、やっちゃった？」

「やらかしたねぇ。奴《やっこ》さん、こちらを見てるよ？　友好的だと嬉《うれ》しいかなぁ～」

「出てくるかな？」

「出てくるだろうねぇ……。なんか殺意をビンビン感じるよ」

「改造された上に、こんなところに押し込められれば、誰だって怒りたくもなるよなぁ～……」

培養槽の内側で発生した泡や周囲の蒸気のせいで中の様子を見ることができないが、辛うじて目に入った状況は、培養槽が内側から歪《ゆが》み始めているところだった。

どうやら生物兵器が力任せに外へ出ようと暴れているようである。

「アレ……倒《よ》せると思う？」

「右腕の剣は避けければいいけど、左腕のやつはどう見てもレーザー兵器だよねぇ。レーザーをぶっ放すにしてもエネルギーはどこから供給されるのか」

「お約束であれば背中の機械からじゃないの？　なんか、おっさんが回収していた機械みたいなのが、いくつかくっついていたみたいだけど……」

「半分は生物なんだから、活動限界時間があると思いたいなぁ～」

「空腹で自滅ってやつ？　期待はできないんじゃないかな、外に出れば餌はたくさんいるしさ」

「やっぱ、ここで息の根を止めんと駄目か……。はい、こいつを使って」

ゼロスはエロムラにM16アサルトライフルとマガジンをいくつか渡し、自分はダネルMGLを二丁両手で構える。

「それ、グレネードランチャーじゃなかったっけ？」

「映画でもお馴染《なじ》みのパターンで捕食再生されたら堪《たま》らんから、全て灰にしちゃおうかなと思ってねぇ。試し撃ちしてないから威力が分からんけど」

「まぁ、捕食して再生するって話もゲームじゃお約束だしな……」

周囲の培養槽の中には人間だけでなく、獣人やエルフ、ドワーフなどの人種も見られる。

いくらこの施設がレプリカであったとしても、こんな形で今の時代に姿を残されるのは不本意だろう。しかも人体実験をされた無残な姿でだ。

その中には子供や赤子の姿もあり、偽物だと分かっていても見るに堪えない。

ゼロスが灰にしてしまおうと思うのも無理からぬことだ。

「そろそろ出てくるか？　後退しつつエロムラ君は奴の牽制《けんせい》を……。距離を取ったあとに僕も攻撃する」

「爆発に巻き込まれたりしない？」

「魔法障壁くらいは展開できるでしょ。あと、念のために強化魔法で身体強化をよろしく。できることはやっとけ……出てくるぞ」

巨人型生物兵器が剣で培養槽を斬り裂き、切れ目から強引に金属をこじ開けて上半身を乗り出してきた。

ただ、何かの化学反応が起きているのか、外気に触れた巨人は皮膚が焼けるように爛《ただ》れ、異臭の混じった煙を立ち昇らせていた。

「……腐ってやがる。早すぎたんだ」

「腐女子はそりゃあ～腐ってるよ」

「いやいや、あっち（巨人型生物兵器）のことだからねぇ!?」

「こんなときになにを言っているのかね。僕ぁ～、あっち（ゲーな人）のことに興味ないよ。悪いけど、その手の話は場の空気を読んでから話すべきじゃないのかな。それより射撃準備をよろしく。使い方は分かるよね？」

「ボケにボケで返しておきながら、間違いを正そうとしてくれないですとぉ!?　ちくしょうめ!!」

エロムラ、八つ当たりでM16を乱射。

全弾ぶち込む勢いだったが、途中の見えない壁で弾丸が弾《はじ》かれていることに気付く。

体内に撃ち込んだ弾丸も、筋肉の膨張と再生能力により傷口から押し出されていた。

「なっ、ATフィールドか!?」

「いやぁ～、アレはただの多重魔法障壁でしょ。もしかして言ってみたかっただけかい？」

「つか、もうすぐ全身が出てくるんだけど、ゼロスさんはそいつをブッパしないの？」

「出口まで下がったら全弾をぶち込むよ。それなりに威力があると思うから」

濛々《もうもう》と立ち込める蒸気の中、巨人は立ち上がる。

全長は五メートル近くあり、頭部に眼球はなくセンサーを組み込んだ機械が取り付けられ、体形は筋骨隆々の老人のようだ。体に埋め込まれた機械が重いのか前傾姿勢で、腰に負担がかかりそうだとおっさんは頓珍漢《とんちんかん》なことを思う。

右腕には禍々《まがまが》しくも武骨な剣、左腕には砲身が融合しており、背中の大型機械とチューブによって接続されている。おそらくは魔力を流し込むためのものであろう。

腐敗して崩れた肉が床に落ち、ビチャビチャと嫌な音を立てる。

気になるのは胸部に埋め込まれた機材で、中央のクリスタルには心臓のようなものが見える。

どう見てもここが弱点に思えるが、先ほどエロムラの銃撃を防いだことから、弾丸で貫くのは簡単にはいかないだろう。

しかも体が腐食しているのに再生能力が異常に速く、すぐに動き出しゼロス達めがけて突進してきた。驚異的な蘇生能力と強靭《きょうじん》さであった。

『Ｇｙｏａａａａａａａａａａａａａａａａ!!』

巨人の機械の目には憎悪の炎が宿り、ゼロス達を睨《にら》みつけ怒りの咆哮《ほうこう》をあげた。

「嘘《うそ》だろ……もう動けるのかよ」

「なんとか動きを封じないと駄目かねぇ」

両手のダネルＭＧＬを手から離すと、両腰のショートソードを抜き放ちゼロスもまた巨人めがけて駆けだした。

右手の大剣で周囲の培養槽ごと薙《な》ぎ払う巨人。

実験被害者の残骸と培養液をまき散らしながら、凄《すさ》まじい勢いでゼロスに迫る大剣。

その剣速よりも速く飛んで避けるとほぼ同時に、ゼロスの真下を大剣が通過する。

「ここだ！」

すかさず両手の剣で連続攻撃を加えた。

頭部、肩部、胸部、腕部に神速の斬撃が叩《たた》き込まれるが、巨人の身体はゼロスが思っていた以上に硬かった。そして堅かった。

筋肉の柔らかさを持っているとは思えないくらいに、斬撃の刃を通さない堅牢《けんろう》さを持っていたのだ。とても生物のものとは思えない肉体の感触におっさんは舌打ちする。

薄皮一枚斬る程度のダメージしか与えられず、傷口から銀色の体液が舞った。

「人体と生体金属の融合実験でもしてたのか!?　この感触は異常だ……なら」

身を翻しながら巨人の背後に着地すると、今度は人体の弱点を狙うべく地面スレスレを滑り込むように駆け、一点めがけてショートソードを全力で振り抜く。

『Ｇｙｏａ？』

「皮膚や筋肉を斬り裂くことは無理。けど、伸びきったアキレス腱《けん》とかはどうだい？」

剣先の一点に魔力を凝縮させた刃が、巨人両脚のアキレス腱を斬り裂く。

振り返ろうとした巨人はそのまま直立を維持できずに崩れ落ち、無様にその場へと倒れ伏した。

「哀れすぎて同情するけど、君の恨みに応じるつもりはないんだよ。エロムラ君、今のうちに距離を稼ぐ。扉まで走れ！」

「攻撃してこないよなぁ!?」

「エロムラ君や、それはフラグじゃよ……」

剣を収め、走りながらダネルＭＧＬを回収し、安全距離を取るべく元来たルートを戻る二人。

ダネルＭＧＬのグレネードは威力が高いのだが、限定された空間ではその威力が一方向に加速され、撃ったゼロス達にも被害が及ぶ。

特に通路のような場所ではなおさらだ。

この場で最も有効な手段は、隔壁の扉のそばまで退避し、そこにあるパネルで隔壁を閉鎖すると同時にグレネードを撃ち込むことだと判断した。

「扉を出たら両サイドに隠れるぞ」

「いや、奴さん……左腕をこちらに向けているんですが？」

「ふぁっ!?」

生物兵器が左腕を持ち上げ、砲身をこちらへと向けていた。

通路はそこそこ広いとはいえ、両側には培養槽がズラリと並んでいる。逃げ場が限定されているような状態だ。

砲身の内側が赤色に輝くのを見た瞬間、二人は言葉を掛けずその場を飛び退《の》いた。

同時に極太のレーザーが中央を通り過ぎていく。

通路に溶解跡が一直線に伸び、発生した熱が肌をチリチリと焼いた。

「あ、あぶねぇ～……」

「あんな大出力の武器……生物兵器に取り付けるなんて無茶でしょ。素体を傷つけるようなもんだぞ。おまけに隔壁の操作パネルがやられた……」

ゼロスの言った通り、巨人型生物兵器の左腕に搭載されたレーザー砲の付け根からは、肉が焼け焦げる煙が放たれている。

発生した熱が自身を傷つける諸刃《もろは》の剣《つるぎ》だった。

だが、巨人の再生能力がその火傷《やけど》を癒《いや》し始め、内側から肉が盛り上がり蠢《うごめ》く。

「連発はできないようだねぇ、なら今のうちに……」

「やっぱ、生物に機械を埋め込むのは無理があるのか。ＳＦ映画のようにはいかないんだな」

「戦略的撤退！」

走るゼロスとエロムラ。幸いと言うべきか隔壁は一つだけではない。

その背後では巨人型生物兵器が追跡しようとしているようだが、先ほどのレーザー攻撃の熱量による自爆と歪《いびつ》な再生能力のせいで動きが遅く、ゼロス達に追いつくことができない。

隔壁を抜け両サイドに隠れた二人。

ゼロスは追いかけてくる巨体を陰から覗《のぞ》き見つつ、隔壁を封鎖しようと操作パネルを叩いていたが、このままでは作動するまでに追いつかれるだろうという結論を出す。

「よっし、ダネルＭＧＬの出番だ。ぶっ飛べやぁ!!」

「おっさん……威力は大丈夫なんだよな？　俺達まで吹っ飛んだりしないよな？」

「知らん！」

そもそも試験していないのだから、どれだけの威力があるかなど答えようがない。

しかも、この時には既に一発のグレネード弾が発射されていた。

別に狙ったわけではないが巨人の足元に着弾し、およそグレネードと呼ぶにはあまりにも爆発の威力が高すぎて、発生した爆炎が通路と周囲の培養槽を消し飛ばしながらこちらへと逆流してきた。

二人は隔壁前の死角で避けていたものの、通過する爆発の炎に包まれた。

魔法障壁を互いに展開していなければ黒焦げになっていたところだ。

「……なんか、威力が無茶苦茶あったんスけど」

「グレネードの代わりにエクスプロードの術式をぶっこんだだけだからなぁ～。威力は抑えたはずだったんだけど、意外に高威力だったねぇ。まぁ、こんなこともあるさ」

「それよりも、ヤツは……」

爆発炎上した研究施設の奥、炎が燃え盛る中で動く巨体を見て、『あぁ……やっぱり』と呟《つぶや》く二人。

魔法に対する防御力もそれなりに高いようだ。

できるだけ消耗させるべく、右手のダネルＭＧＬの弾倉にある五発のグレネードを撃ち込むと同時に、隔壁の操作パネルを作動させ緊急用防壁を閉じた。

「うおぉわぁ!?」

いきなり左右から隔壁が閉じたことにより、慌てたエロムラが無様に飛び退いた姿が酷《ひど》く滑稽だ。

『残りは左手の六発分……。仕留められるかねぇ？』

「隔壁を閉めるなら教えてくれよ……。びびった」

「たまたまだよ。作動するかは賭けだったけど、結果オーライってことで」

「これで奴が死んでくれるといいんだけど」

「だから、それはフラグ……うおっ!?」

隔壁の内側から突然赤熱化した剣が飛び出し、危うく頭部を貫かれそうになったおっさんは、無様に横に転がった。

隔壁も剣が貫通したところから熱によって溶けて落ちている。

「マジですか!?　ヒートソードを標準装備……。ファンタジー世界でバイオ兵器と戦うなんて、聞いたことがないんですけどぉ!!」

「いや、ホムンクルスとか、ファンタジーでも似たようなのはあるでしょ」

「んなことより、こいつをどう倒すのぉ!?　エクスプロード六回分の威力を食らっているのに、スゲェ元気なんですけどぉ!?」

内側から攻撃しているのか、隔壁には無数の亀裂が走り、生物兵器は焼却炉と化している研究室から出てこようとしていた。

この手の敵は、自由にさせると苦戦するとゲームでのパターンから知っているので、おっさんは嵌《は》め殺すことに決める。だがチャンスは一度しかない。

「エロムラ君、一度だけ攻撃を受け止められるかい？」

「どうすんだ？」

「君が受け止めた瞬間に拘束魔法《バインド》をかけて仕掛ける。いくらタフでも至近距離で頭部を吹き飛ばされては、生きてられないでしょ」

「ＯＫ、やってみる……」

エロムラはインベントリーから大楯《おおたて》を取り出し、ゼロスは拘束魔法【闇の縛鎖】と【白銀の神壁】を展開し、遅延術式としてストック状態で維持した。

隔壁は斬り裂かれ、内側から焼け爛れた生物兵器が現れる。

『Ｇｏｕｏｏｏｏｒａａａａａａａａａａ!!』

「出てきやがった……」

さすがにエクスプロード六発分の熱量に晒《さら》されたせいか、体の筋肉はだいぶ焼け落ち、両腕の武器も機械部品で辛うじて繋《つな》がっている状態だ。

だが、どこからパワーを引き出しているのか分からないが、巨大な斧《おの》のような大剣を振りかぶり、目の前にいたエロムラに狙いを定め振り下ろす。

「こいやぁ、コラァ!!」

エロムラが大楯で受け止めた瞬間を狙い、ゼロスが【闇の縛鎖】を発動。漆黒の鎖で縛りつけ動きを封じる。

間髪いれずに【白銀の神壁】を円錐《えんすい》状にして巨人の口にねじ込むと、手にしたダネルMGLの銃口をそのまま押し込む。

「王手」

一言呟くと白銀の神壁を解除し引き金を引く。

同時に、生物兵器の口にグレネードが勢いよく全弾撃ち込まれ、内包されたエクスプロード術式が発動。大爆発とともに頭部だけでなく巨人の全身ごと吹き飛んだ。

その威力と衝撃によってゼロスとエロムラもまた派手に吹き飛ぶ。

だが大楯に特殊効果が付与されていたのか、受けたダメージは大したことはなさそうだ。

爆発に巻き込まれると想定していたおかげで、魔法障壁によってなんとか怪我を負わずに無事であったが、エグイ倒し方をしたことに少しばかり罪悪感がある。

「おぉう……ヤツは、ヤツは……倒せたのか？」

「いやぁ～派手に吹っ飛んだねぇ。うん、上半身ごと消し飛んでるよ。これで再生なんかしたら本当に化け物だ」

「やめてくれよぉ、俺ちゃんは平穏に暮らしたいんだ。クリーチャーとデッド・オア・アライブしたいわけじゃない」

「ファラオネェと、どっちがマシだい？」

「どっちも嫌じゃあぁぁぁぁぁ!!」

巨人型生物兵器は機械部品だけを残し、ダンジョンに吸収されていく。

ダンジョンにとってどのような扱いだったのか、本当に謎だ。

「……戻ろうか」

「もう、こんな場所にはいたくない。俺、しばらくは大人しく護衛の仕事に専念することにするよ」

「股間からキノコを生やすような君に、大人しく仕事ができるとは思えないねぇ。いずれ『俺のバズーカはもっと凄《すご》いんだぞ』とか言って、セクハラで訴えられるに違いない」

「おっさんの俺の認識って、下ネタ要員だったのぉ!?」

「バズーカといえば、コンテナ漁《あさ》ってたときにバズーカも発見したぞ？　パンツァーファウストみたいなやつもあったなぁ～」

「会話してよ、ねぇ!!」

結論、ゼロスにとってエロムラは適当に扱ってもよい玩具《おもちゃ》程度の存在だった。

自身の扱いに不満なエロムラは何度も異議を唱えるが、このおっさんは全く取り合おうとしない。

さながらブラック会社の社長のように……。

不遇な扱いをされるのはエロムラ自身にも問題があるということを、そろそろ自覚してほしいところである。

◇　◇　◇　◇　◇　◇　◇

残された培養槽に浮かんでいる検体を全て魔法で焼き払いながら、ゼロス達がツヴェイト達のもとへ戻ってくると、彼らは酷く煤《すすよご》汚れた姿であった。

どうやらエアダクトを通じてエクスプロードの威力が逆流したようだ。

「エアダクトか……。こいつは盲点だった」

「……アレ、やっぱり師匠達がやったのかよ！」

「酷い目に遭いましたよ……。突然天井や壁際から火が噴出して、いったい何と戦ってたんですか？」

「『何って……生物兵器……』」

正確には長期戦を捨て、火力ゴリ押しの短期戦を挑んだだけである。

ツヴェイト達は避難していたのにもかかわらず、その余波を別の階層で受けた被害者だ。

「あんなものを残しちゃいけなかったからねぇ、徹底的に灰にする必要があったんだ。ここのことが知られたら、展示されてあったサンプルみたいなのを作る連中がでてきそうだしねぇ」

「いくら何でも、あんな非人道的な真似をする奴がいるとは思えねぇぞ」

「甘いねぇ、あのサンプルは全て人間の所業の成果だよ。英知の探求と研究という名目のもと、そういったやばい連中は少なからず出てくるもんさ。この施設は……今の時代にはそぐわない代物だよ」

「先生も……先生もこんな非人道的な実験をやったことがあるんですか？」

「やってるよ？　主にエロムラ君に対して」

「『あぁ〜……』」

「とうとう断言しやがったよぉ、この人！　同志達もなんで納得してんのぉ⁉」

おっさんの心に一点の曇りもなかった。

なにしろ彼は扱いやすく、多少誘導するだけで望んだ結果を出してくれる。

しかも弄《いじ》り甲斐《がい》があった。

エロムラがいてくれるからこそ彼以外に被害者は出ず、ある意味では世間に貢献しているともいえるだろう。本人にとっては不本意であろうが……。

「他の人にやると死んじゃうようなことも、エロムラ君ならある程度耐えられるからねぇ。君には期待しているよ」

「嫌な期待だなぁ、おい！　このおっさんが一番、害があるじゃねぇか‼」

「失礼な、僕は実験するときちゃんと耐えられそうな人間を選ぶさ。無差別に人を実験に使うようなイカレ野郎と一緒にしないでくれたまえ」

「俺からしてみればどっちも同じなんですけどぉ⁉」

地球《故郷》に帰りたい。

エロムラはこの時、本気でそう思った。

「まぁ、エロムラ君のことはどうでもいい。二人とも危険はなかったかい？」

「特にないな。強いて挙げれば、さっきの爆風が一番ヤバかった」

「そうですね。先生が以前作ってくれたアミュレットが効果を発揮してくれたので、あの爆風でも耐えられましたけど」

「アミュレット？　そんなもの作ったかな……」

【守護のアミュレット】――ゼロスは忘れているが、以前イストール魔法学院主催の実戦訓練の時、ツヴェイト達を守るために作ったアイテムだ。

【ソード・アンド・ソーサリス】では大量に生産して売りさばいていたので、本人はたいして気にも留めていなかったようだが、この世界では高額で取引されるアーティファクトレベルだ。

ツヴェイト達も常に肌身離さず装備している。

ただ使用回数があるので、あと一回くらいで壊れることだろう。

「とりあえず、この施設から出よう。出たらこの場所を即刻処分する」

「しょ、処分って……」

「何する気だよ、師匠……」

「破壊する……。ダンジョンがこの施設を複製したというなら、非人道的な研究資料もそのまま再現されているかもしれない。さすがに危険すぎるからさ」

「あんな悪魔の研究に興味を持つ奴なんて……いたな。クロイサスの奴が……」

「魔導士の本質は真理への探究だよ。そこに国家が加わると、極秘裏に危険な研究に手を出しかねない。軍事思想に染まっているとさぁ～、強力かつ疲れを知らない兵器が理想に思えてくるんだ。それこそ犯罪者を被検体に研究を行いかねない」

国は兵力として騎士や魔導士に高い地位を与えているが、装備や兵糧、兵力数の維持という面ではコストがかかる。

戦争で怪我や死亡した場合でも見舞金を支払わねばならない。

こうした背景から生物兵器の研究を推奨する可能性は高く、方向性を変えて細菌兵器に手を出されては目も当てられない。

今の時代にそぐわない遺物は直ちに抹消したほうがいいのだ。

「おっさんもヤバイものを回収してんじゃん。どの口で言ってんの？」

「それはそれ、これはこれだよ。そもそも僕は大量生産するつもりもないし、自分が満足できればいいんだ。国に売るつもりもないんでね」

『『『……この人が一番危険なのでは？』』』

危険物を作るという観点ではゼロスも研究者と同じだ。

だが、ゼロスの場合は大量生産を行わず、自分の趣味を満たすためだけに行動する。

この引きこもり体質は最近までの魔導士派閥の魔導士達と同じだが、決定的に違うところは己の成果を誇らず、自己満足で終わるという点にある。

そもそも派閥の魔導士達とは技術力に決定的な開きがあるので、再現しようとしたところで部品が作れず、数十年は時間を稼ぐことができるだろう。

おっさんは魔法という学問と技術の発展に関わる気がないのだから、資料などで後世に残すつもりもない。

ただ、ドワーフ達の手によって戦車や飛行機などを製造する技術は確立される可能性が高く、時間の問題に思われた。

「要するに、大規模に被害をもたらす過去の遺物なんて、存在しちゃいけないのさぁ～。その点、おいちゃんは趣味で一品作る程度なんだから安全だろぉ？」

「先生……同意を求められても困るのですが」

「おっさん自身が最終兵器みたいなもんだしなぁ〜、それに比べれば安全……なのか？」

「この施設の抹消には納得する……。けどよ、ダンジョンがまた複製したらどうすんだ？　また師匠が破壊しに来るのか？」

「そんときは……流れに任せる。僕は古代の危険物を回収封印する特殊部隊の隊員じゃない。たまたま目の前に存在していて、危険だと判断したから破壊するだけだよ」

ダンジョンが危険な施設を複製するたびに、いちいち出向いて破壊する気はない。

デルサシス公爵や傭兵《ようへい》ギルドから指名依頼が来るのであれば話は別だが、ボランティア精神でそんな責務を背負う義理もない。

こんなことを語りながら施設の外に出ると、蒸し暑い熱気が肌を焼いてきた。

「エロムラ君は二人と先に戻ってくれないかい？　僕はこの施設の破壊を確認したら後を追う。派手にやるから三階層まで戻っていてほしいな」

「了解。にしても暑いな……。施設の中は涼しかったんだが」

「エアコンが動いてたみたいだったからねぇ……」

「おっさん……手加減はしてくれよ？　マジで頼むから……」

「派手にやらなきゃ地下施設まで破壊できんでしょ。手加減はするけどねぇ、一応……」

一抹の不安を抱きながらも、エロムラはツヴェイトとセレスティーナを連れ、元来た発電所の放熱施設と思《おぼ》しき建物に向かって歩いていった。

暇になったゼロスはエロムラ達の歩く速度や、元来たルートのおおよその距離から、魔法を使う最適な時間の計算式を地面に書きながら静かに待った。

まぁ、計算はすぐに終わったが。

しかもこのエリアは熱帯雨林。地下の広大な空間だというのにスコールまで来るのだ。

突然の土砂降りにはゼロスもさすがに参った。

雨が通り過ぎる間、廃墟《はいきょ》の中で放置されたテーブルの上に座り、ただただ何することもなくじっと懐中時計を眺めながら時間を潰《つぶ》す。

待っている間の時間が凄く長く感じられたが、ふと『雨の中、派手な魔法をぶっ放す時間を待つ魔導士って、なんか絵面《えづら》的にカッコよくね？』などと、少し馬鹿なことを考えたりもした。

『そろそろ頃合いかな？』

懐中時計の蓋《ふた》を閉じて立ち上がると、廃墟から出て小雨が降るジャングルの中を進んだ。

使う魔法は威力の面では上位に入る【暴食なる深淵《しんえん》】だ。

重力崩壊による破壊力で広範囲を消し飛ばす強力な魔法だが、同種の【闇の裁き】に比べればまだマシと言えるだろう。

ただ、洞窟が異空間化しているこのエリアで重力崩壊魔法を使えばどうなるのか、こればかりは未知数で不安が残る。

「それ以前に、魔法の効果が地下深くまで及ぶかどうか……。まぁ、試してみないことには何とも言えんか。んじゃ、始めますかねぇ。【闇烏《やみどり》の翼《つばさ》】……」

飛行魔法で空中に舞い上がると、手加減抜きに魔力を高め、調べた研究施設の構造から最も効果が及びやすい施設中央付近に狙いを定める。

重要な施設は地下深くにあるので、確実に崩壊させるには地上部ごと根こそぎ消滅させる必要がある。クレーター程度で済めばよいが最悪はダンジョンに大穴を開けてしまうかもしれない。

この亜熱帯の異空間が壊れないことを願うばかりだ。

『ぶち込んだら即撤退。自分の魔法に巻き込まれたら洒落《しゃれ》にならん』

発動までに多少のタイムラグがあるが、一度発動すればその威力で途方もない破壊力が発生する。他の魔法に比べると、この【暴食なる深淵】という魔法は桁が違う。

使えば確実に術者も破壊の効果範囲内に入ってしまうので、すみやかに全速力で逃げる必要があり、ある意味では自爆魔法と呼称しても過言ではない。

「地下深くまで威力を届かせるには、どれだけの魔力が必要かねぇ？　失敗しても地上から入れなくなればいいか。あとはジャングルに埋め尽くされることを祈ろう」

最後は結局運任せ。

手に魔力を集中させ、潜在意識領域《イデア》から圧縮された術式を引き出し、漆黒のキューブを顕現させると、術式が起動を始めキューブは徐々に青白く輝きだす。

込める魔力を慎重に測り威力を調整してはいるが、どんな結果になるかまでは発動してからでないと分からない。これればかりは感覚でどうにかなるものではなかった。

「こいつを使うのは何度目になるかね……。行け、【暴食なる深淵】！」

複製施設に向け漆黒のキューブを投げつけると、即座に飛行魔法を解除して地上へと落下。

地面に着地すると同時に上階層へのルートへ向けて全速疾走する。

その直後、煌々《こうこう》と輝くキューブは定められた術式に従い魔法効果を発動した。

地面の土のみならず周囲の木々や建物を呑《の》み込みながら、超重力場は急速に成長しつつ、地下深くへと沈み込んでいく。

その光景を一切見ることなく、一目散に逃げるゼロス。

やがて、光すら飲み込む超重力場は崩壊現象を起こし爆縮、周囲を消し飛ばすほどの破壊力を秘めた衝撃が地下の熱帯雨林に吹き荒れた。

「間に合え……間に合え！　間に合えぇっ!!」

背後から迫りくる衝撃波。

おっさんは必死で原子力発電所の放熱口のような建物に逃げ込むと、そのまま上階層を目指す――その中、凄まじい振動が建物を揺らした。

天井や壁から瓦礫《がれき》が落下してきた。

きっと、この建物の外郭は崩壊しているのかもしれない。

螺旋《らせん》階段の手すりを蹴り、跳躍を繰り返しながら最短距離で逃げるなか、ゼロスは見た。

建物だけでなく、この空間そのものが崩壊していく様を。

全てがスローモーションで動く中、ゼロスだけが高速で動いているような感覚だった。

必至で上階層へと辿《たど》り着いた瞬間、まるで見えない障壁が存在しているかのように、暴食なる深淵の破壊の波は押しとどめられる。

まるで、一ミリ先からは別の世界のような、そんな境界によって遮られているようであった。

『な、なんだ……この現象……』

ダンジョンの各エリアは、坑道や通路などで繋がっており、その境界線上で爆発が起きても衝撃の波は上階層と下階層の両方に流れる。言ってしまえばトンネルのようなものだ。

だが、今回の衝撃波は、見えない境界によって防がれていた。

おそらく、この境界に一歩でも踏み込めば暴食なる深淵の効果に巻き込まれるのだろう。

『これは、ダンジョンの自己防衛作用なのか？　【煉獄炎焦滅陣《れんごくえんしょうめつじん》】ではこんなことはなかったのに……。内側の異常に対し空間断層によって遮断？　嘘でしょ、紙一枚分の薄さもないぞ』

まるで神の御業のようだ。

空間を破壊するような魔法に対し、あらかじめ対策を練られていたと考えるべきだろう。

「アンビリーバボ～だねぇ……。世界は神秘に満ち溢れている」

対策が取られていたとすればおそらく、惰眠のパジャマ神の親ともいえる前任の観測者によるものと考えられる。神とはどこまで見通しているのか底が知れない。

そんな中、ゼロスは目の前で一定の空間内を歪め拡張された一つの世界が崩壊していく様を眺め続けた。

「ダンジョン内で重力系の魔法は控えたほうがいいな。後が怖い……」

消滅していく熱帯のジャングルエリア。

崩壊していく世界はやがて収束して無へと還《かえ》り、空間を遮る境界が消えた頃には下層へと続く傾斜のある坑道のみが残された。

まるで最初から熱帯雨林など存在していなかったように――。

『戻ろう……。罪悪感に苛《さいな》まれたところで、しでかした事実は消えないし』

煙草《たばこ》に火をともし、嫌なことを忘れるかのように再び移動を開始する。

しばらくはここに来たくないと思いながら……。

◇　◇　◇　◇　◇　◇　◇

岩肌だらけの洞窟を抜けると、純白の迷宮へと辿り着いた。

整然と立ち並ぶ大理石の柱は、今も誰かが手入れをしているかのように磨き抜かれ、加工された石材で組まれた迷宮の壁面や石畳には、明らかに高度な文明の名残がある。

ダンジョンが世界の歴史情報を各エリアの構築に利用しているのであれば、このエリアのもととなった文明が気になるところだ。

そんな美しい迷宮で唯一傷跡のように開いた道を抜けると、そこには弟子二人とエロムラが、ゼロスが戻ってくるのを待っていた。

「おっ、ゼロスさんが戻ってきたぞ」

「師匠」

「先生」

おっさんを待っていた二人はゼロスの元に駆け寄ってくる。

エロムラだけはゼロスの心配をしていなかったようだ。

「戻ったよ、魔物の襲撃は？」

「このエリアの魔物はゴブやゴーレム系が多かったな。エロムラだけで全部片付けたけど」

「魔石はともかく、石を残されても困りますよね。これをどうしろというのでしょうか？」

「弱いゴーレムだったからさ、割と簡単に倒せたよ。おっさんの方はどうだったんだ？　なんか、凄い地響きが伝わってきたんだけど……」

「万事つつがなく終わらせたよ。さんざん待たせたところ悪いけど、そろそろ地上に帰ろうか。なんか色々と疲れた……」

ヤバげな研究施設を潰したことよりも、一つの広大な世界を消滅させたことに酷い罪悪感を覚える。

同時にダンジョンの不思議も目の当たりにしたが、今はどうでもよかった。

「……無事に帰れるといいよな」

「エロムラ、それを言うなよ。本当に帰れなかったらどうすんだ」

「エロムラさんが言うと、その言葉通りになっちゃいそうですよね」

「フラグ立てるの得意みたいだしねぇ」

「皆、俺の扱いが酷すぎる……。もっと大事にしてよぉ、褒めて甘やかしてくれよぉ!!」

「「「断る（お断りします）」」」

エロムラが大事にされることはなかった。

哀愁漂う彼の背中は、まるで梅雨の湿りきった空気のように陰鬱《いんうつ》として鬱陶《うっとう》しい。

こうして四人は来たルートを辿り、幸いエロムラが言うようなフラグ回収もなく無事に地上へと帰還を果たした。

第六話　おっさん、エロムラの称号に同情する

アーハンの村は日が暮れ、既に宵の闇に包まれていた。

傭兵《ようへい》ギルドではダンジョンからの帰還者により構造の変化の情報がもたらされ、以降、職員が慌ただしく動き回っている。

数日前からダンジョンに調査に向かっていた傭兵や、侵入可能エリアに行きながら構造変化に巻き込まれた未帰還の傭兵達が多く、今も生存確認で右往左往しているような有様だ。

いち早く戻った勇者二人組と傭兵三人はダンジョンの状況を報告したのだが、事情聴取で長い時間拘束される羽目になり、既に精も魂も尽き果て満身創痍《まんしんそうい》。

このような大異変に遭遇することなど滅多にあることではなく、今後に生かすために根掘り葉掘り状況を質問される始末。

そのしつこさは犯罪者の事情聴取並みで、辟易《へきえき》したくなる気持ちも分かる。

「疲れたぁ……。なんでこんなことに……」

「運が悪かったとしか言いようがない。俺、一稼ぎしに来ただけなのに……」

【田辺《たなべ》　勝彦《かつひこ》】にとっては運が悪いで済ませられる内容かもしれないが、【一条《いちじょう》　渚《なぎさ》】からすればとんだ貧乏籤《くじ》だ。

人災と天災によるダブルパンチ。

なにしろ、このアーハンの廃鉱山ダンジョンに来た理由は、勝彦による散財が原因だ。

渚から見れば勝彦は災いの根源でしかない。

「田辺……あんた、キングとかメガクラスの貧乏神なんじゃない？　それか、他人を不幸にするど

「だから、お、俺はサ●チンなどではない！　運はあるはずだぁ、たぶん……。だいたい一条とはそんな関係じゃないだろ！」

「何度も言っているけど、あんたと関わると碌《ろく》なことにならないのよ……。もう、いい加減に私を解放して。嫌なのよ、あんたの尻ぬぐいは」

「今回は自然現象！　俺の責任じゃないだろぉ!?」

確かに、ダンジョンの大規模な変化は天災だろうが、そうした不幸を一身に勝彦が呼び寄せているのではないかと渚は思っている。

いや、思わずにはいられない。

そして、ここまで言われているのにもかかわらず、『分かった、俺、もうなるべく一条とは関わらないようにするよ』と言わない勝彦は、腐っているとしか言いようがない。

ヘマしても心から反省をしない人間は、周りから何を言われたところで自ら改善しようとしないため、残された手段は鉄拳制裁という物理的な矯正しかないだろう。

「あっ、もしかしたら一条が貧乏神なんじゃね？」

「……………本気で言っているならブチ殺すわよ。私はあんたの散財が原因でここに付き合わされただけで、お金ならそれなりに蓄えているからね。クズなあんたと一緒にしないで、迷惑よ！」

「そんなキツイ言葉をぶっこんでくるから、一条はいつまでたっても、しょ……じょ」

「あ？　今なんて言ったのかしら、はっきり言いなさい。お？　誰のせいで私に彼氏ができないと思ってるの？　あんたみたいなクズがそばにいるから敬遠されてんのよ！」

「お、俺のせいなのぉ!?」

襟元を掴《つか》まれ、プロレスラーですら恐怖で失禁しそうなメンチを切られ、勝彦は大いにビビった。

渚の怒気の込められた低い声が、いっそう迫力を増大させている。

本気で殺されると思ったほどだ。

そして当然のことながら渚は本気だ。

「ま、まぁ、もう質問責めから解放されたんだから、いいじゃんか……」

「よくないわよ。私は日帰りする予定だったのに、こんな騒ぎに巻き込まれて宿泊まり……。手痛い出費だわ」

「なぁ……一条は宿に泊まるんだよな？」

「そうよ」

「じゃぁ、俺の宿代は一条が出してくれるのか？　もしかして相部屋？　うひょぉ～～！」

「あんたは野宿よ。なんで私が田辺のために宿代を出さなきゃならないの？　冗談は存在だけにして」

渚は勝彦を冷たく突き放す。

彼女の目は、『どこでも好きなところで野垂れ死んで』と語っており、蔑《さげす》むだけの視線のみが勝彦に注がれる。

彼女はもう、どうしようもないほどに病んでいた。

そんな冷ややかな視線に耐えられなくなったのか、勝彦は誤魔化すように傭兵ギルド内の方に目を移す。

「……無事に戻ってこられた傭兵もいるようだな。今から受付に報告か、律儀《りちぎ》だよなぁ～」

「今さらね。私達が訓練したダンジョン【試練の迷宮】も、時折内部構造が変化していたのは知っているでしょ。その時も報告はしてたけど？」

「そうだったか？　しっかし、よくよく考えてみると地下にあんな広大な土地や迷宮が広がってるって、物理的におかしいよな。俺、途中から何階層にいるのか分からなくなったぞ……」

「魔法が存在している世界なんだし、そんなこともあるんじゃない？　今さらよ。まぁ、どんな原理なのかは気になるけど……」

勇者達もゼロス達転生者側と似た認識を持っている。

例えば塔のようなダンジョンがあったとして、その内部に物理的におかしい広大な土地が広がっていたら、普通なら疑問に思うものだ。

科学者や数学者であれば、様々な方向からその現象を解き明かそうとするだろうが、この世界ではそうした学問は未熟なままだ。

魔導士達ですら大半が『そういうものだ』と受け入れており、ダンジョンとは何であるかなどと本気で考える者は一部の研究者しかいない。

不可思議な存在であるダンジョンを、便宜上『フィールド型の魔物』と定義したようなもので、実際は多くの謎が解明されずに放置されているのが現状だ。

誰もがその程度の認識なのである。

「私達に理解できない何かがある。でも考えるほどでもない……その程度の話よ。現に私達はアイテムBOXという次元収納能力を持っているわ。これの原理だって謎じゃない」

「まぁ、確かに……。分かりやすくアイテムバッグの例もあるが、あれもおかしいよな？　小さいポーチなのに大量のアイテムを入れることができるしさ」

「大量といっても収納に限界があるだけマシじゃない。アイテムバッグを作れる人もいるらしいけど、ハンドメイド製品は凄《すご》く高いという話を聞いたわね」

「量産できれば儲《もう》けられるのになぁ～」

「作り方を知らないと無理だし、知ったところであんたにできるとも思えないわね」

アイテムバッグを作る職人は確かにいるが、そうした古い時代の技術を受け継ぐ者達は国で保護されていることが多く、特に戦争の状況を一変させかねない技術とみなされ秘匿されていた。

古《いにしえ》の技術を受け継いでいるために相応の地位を与えられてはいるが、実際は爵位という名の首輪をつけられて監視状態にある。

そもそも失敗が当たり前の高難易度なので量産向けはできない。

市場に出回っているほとんどのアイテムバッグは、ダンジョンで発見されたものであることからも、いかに作るのが難しいかが分かるだろう。

「その甘ったれた性格を直さない限り職人なんて無理ね。寄生虫が独立して生きていけるとは思えないし」

「寄生虫って、ひでぇ……」

「ハァ～……お腹すいた。カレーが食べたい。ハンバーグが入っているやつ」

「急に話を変えやがったよ……。ここは普通、和食って言わないか？」

「和食はたまに食べてるわよ。醤油《しょうゆ》や味噌《みそ》は高くつくけど、別に手に入れられないものじゃない。

ただ、味醂《みりん》や日本酒って小売りでも高価なのよね」

「………へっ？」

勝彦の目が点になる。

そう、勇者達は等しく故郷の味に飢えている。

以前カレーを食べたときに米の存在は確認しているが、なぜか市場には流通しておらず、メーティス聖法神国にいる勇者達を含め全員が必死に探し求めているほどだ。

だが、渚はたまに和食を食べているという。

その言葉の意味するところは……。

「う、売ってるのか？　醤油や味噌が？　マジで……どこで!?」

「ちょっと、唐突に詰め寄らないでくれる？　妊娠したらどうすんのよ」

「するか！　んなことより、どこで醤油や味噌を……」

「ソリステア商会。この辺りを治める公爵様が会長を務める貿易商会の店で売ってたわ。職人をわざわざ異国からスカウトして、国内生産してるって話ね。まぁ、まだ各地で売り出せるだけの量は生産できていないようだけど。ちなみにお米はゼロスさんから格安で提供してもらってるわ」

「マ、マジかよ……。そんな近場に醤油や味噌が……ちくしょう、娼館《しょうかん》やカジノで遊ぶんじゃなかったぁ!!」

……後悔だった。

この世界は言ってしまえば西洋文化だ。

主食はパンで、肉料理のほとんどが香草をふんだんに使用した味付けのものが多く、スープのような汁物も肉や骨から出汁《だし》を取るので臭みが強く、臭《にお》いを消すために更に香草を入れるので必然的に味がきつくなる。

だが、それは比較的富裕層か中流家庭での話だ。

一般の民達の食事といえば、塩漬け肉で味付けする薄い塩スープが主流で、野菜で必要な栄養が取れればいいという、胃袋を膨らませるだけの料理がほとんどである。

極端に味が濃いか薄いかの違いでしかなく、異世界出身者にとっては、とてもではないが満足のいく料理とは言えない。食事のたびにストレスが蓄積していくだけなのだ。

いや、この場合は異世界人の舌が肥えていると言ったほうが正しいのかもしれない。

ソリステア公爵領は交易都市なので、香辛料が他よりもリーズナブルな値段で買え、そこそこ美味い店が多いことで有名だ。

ソリステア公爵領と王族を除けば、他の貴族領などどこも同じようなものだ。

「あんた、料理なんて作れたの？　今まで野営の時すら手伝ったことないじゃない」

「簡単な焼き肉と味噌汁程度なら作れる。小学生の時にやったじゃん。つか、なんで教えてくれなかったんだよぉ!!」

「私も、ゼロスさんから教えてもらっただけなんだけど……。食堂の料理を一品奢《おご》る約束で得た情報よ」

「あのおっさん、情報をタダで教える気はないのか……」

「情報は、ときにお金よりも勝るのよ？　簡単に教えてくれるわけないじゃない」

通信網が発達してない文明圏でも情報はとても重要だ。

いや、通信網が発達していないからこそ鮮度のいい情報がないと命取りになりかねず、だからこそ様々な手段を用いて正確な情報を得ようとする。

特に他国間との政治に関するものや、商人同士における流通の情報は国の命運や生活に関わるもので、その価値を知るからこそ情報提供者は対価を求めるのである。

どこぞの公爵様も、より鮮度のある情報を求めて自ら商会を立ち上げたという経緯がある。

やりすぎて、今では裏と表で知られるほど国内有数の大商会となってしまったが……。

「田辺は商人にすらなれないわね。情報の軽視は致命的で、諜報《ちょうほう》部が必死に集めた情報すら生かせないし、これは才能がないというより馬鹿すぎるからかしら……？」

勇者という地位が、勝彦のような愚か者を生み出してしまったと渚は考えている。

異世界に連れてこられたからこそ今まで渚は情報を重要視し、少しでも多くの正確な情報を得ようと動いていた。しかし勝彦は違った。

彼はメーティス聖法神国側から与えられるものを甘んじて受け入れてそれに依存し、自ら考えることを放棄していた。基本的に怠け者だから簡単に利用されやすい立場へと落ちたとも言える。

与えられた特権に慣れてしまい、いざ外の世界に出てみればまともに生活を送ることもできず、散財癖もやめることができなくなっていた。

しかも当の本人が反省することがないときては救いようがない。

「流されるまま生きてるあんたには、傭兵も無理ね……」

「あの、俺は立派に傭兵してますけど……」

「お金と情報を大事にしない人が、この世界で上手に生きられると思ってるわけ？　あと無自覚に他人を利用しようとするのをやめなさいよ。あんたに懐《なつ》かれるとウザい」

「うっ……」

「うっ……じゃねぇわ。しかも教えたことをすぐに忘れる鳥頭だし、そんなことでこれからも生きていけると本気で思っているの？」

信頼を失ったクズほど惨めな者はいない。

元からないのは無様を通り越して不憫《ふびん》だが、誰も助けようとは思わない。

今までの行動を顧みて、勝彦も『そう言われると、俺もつれぇ……』と言い淀《よど》む。

人任せの多い彼のそばに、いつまでも情報を集め知らせてくれる者がいるとは限らず、現に情報収集を行っていた神官達の姿はこの場にない。

自分自身で情報を集め判断する技能と知識を学ばなければ、いつか厳しい現実に押し潰《つぶ》される日が来るだろう。ここは愚者のままでは生きづらい世界なのだ。

「私には見える。橋の下で酒瓶を抱え、ゴミの中に埋もれたまま腐乱死体で発見される田辺の姿が」

「断言できちゃうのぉ!?」

喚《わめ》く勝彦を無視し、渚は傭兵ギルドの中を見渡す。

相変わらず職員達と傭兵達が慌ただしく行き交っている。

緊迫した喧騒《けんそう》の中、渚はどこか他人事《ひとごと》のようにぼんやりと眺めていた。

「バザン達は戻ったのか？」

「いや、まだ帰還していない」

「見たことのねぇエリアが突然に出現してよ、俺はヤバイ気がして撤収したんだが、【金色の酒の連中は先に行きやがった。俺は止めたんだぞ？　だが、アイツらは……」

「連中、金稼ぎが目的だったからな。戻ってきていないところを見ると、今頃は……」

「仲間がキノコ人間になっちまって、襲われたから必死で逃げたんだ……。俺は見捨てたわけじゃない。あんなのどうしようもないだろ……」

「せっかく地図を購入したのに、無駄になったわ。大損よ！」

「また一から探索かよ、勘弁してくれ……」

傭兵達にとっても今回の大規模な構造変化は災難だ。

今まで調べていたことが無駄になり、クランを運営する傭兵は派遣する人材を失い、経営を立て直すのにしばらく時間が掛かる。

そこそこ腕のある傭兵は多いが、その中で信頼を勝ち得ている者など少なく、これから熾烈《しれつ》な人材スカウト合戦が始まる。

失った人材を埋めるのは難しいのだ。

このような話も渚の耳には聞こえており、つくづく傭兵を専業にしなくてよかったと思う。

『そろそろ宿に向かおうかな……』

渚はアーハンの村に到着して早々に宿の予約を入れていた。

予定では日帰りだったが、勝彦と行動して予定通りに物事が進んだことはなく、経験から念を入れて動いていたのだ。ただし懐事情としては痛い。

いつの間にかエールを注文して飲んでいる勝彦を無視し、渚は静かに立ち上がりこの場を離れようとするが、見知った人物の姿を目にする。

その人物もこちらに気付いたのか、胡散臭《うさんくさ》いヘラヘラした笑みでこちらへとやってきた。

「やぁ、一条さん。無事に戻ってこられたようだねぇ」

「ゼロスさんも、よくご無事で。他の傭兵達はまだ未帰還の方々もいるようで、かなり混乱していますけど」

「魔物に襲われてダンジョンに食われた犠牲者もいたからねぇ、生きて帰れただけでも御の字でしょ。ただ日帰り予定だったから宿をとってなくてねぇ、こりゃ野宿確定かな」

「被害者がいたんですか？」

「まぁ……（正確には無人兵器に殺されたようだけど）」

何か物騒なことを聞いた気がしたが、渚はあえて追及せずにいた。

聞いたら面倒なことになりそうだと、直感で回避を選択したのである。

「今日は運が悪い日でしたよね。戻る途中にも、山火事で炎上したようなエリアがありましたから。あそこを越えるのに苦労しましたよ」

「あぁ……うん。そんなエリアもあったねぇ……。おじさんも歳だから、広いエリアを動き回るのはさすがに疲れたよ。ははは……」

ゼロスが何かを誤魔化しているように思ったが、ここもスルーする。

この胡散臭いおじさんが何をしでかしたかは知らないが、知ったら後悔するはずとなんとなく気付いたからだ。素晴らしい危機回避力である。

「このダンジョン、近いうちに閉鎖するみたいな話も出てますよ」

「安全を考えるなら、そうなるだろうねぇ。探索はギルドが雇った傭兵に任せることになるけど、果たして貧乏な傭兵達が指示に従うか疑問だなぁ～」

「まぁ、少なからず決まり事から逸脱する人はいますからね。これから報告ですか？」

「当たり障りのないように、知っていることをまとめて報告するさ。ダンジョンについて疑問も出てきたが、専門家じゃないからお手上げだけどねぇ」

「ダンジョンって、色々と法則が壊れてますから」

「まったくだ。じゃぁ、面倒な報告をしてくるよ～。君達もゆっくり休むといい」

手を振ってその場を離れるゼロスの背中を見送ると、渚は勝彦を傭兵ギルドに残したまますたこらさっさと予約してある宿へと向かった。

一人残された勝彦は、しばらくした後に渚がいないことに気付き、必死になって彼女が宿泊する宿を探し当てるが、不審者と思われて追い出されるという一幕があった。

一人部屋に宿泊する渚に対し、『仲間なんだから一緒に休ませてくれよぉ！　野宿は嫌なんだよぉ～』などと喚き散らし、宿の主人に叩《たた》き出されたという。

勝彦はどこまでも反省を知らない駄目人間だった。

◇　◇　◇　◇　◇　◇

報告を終えたゼロス一行は、アーハンの村外れにある空き地にテントを張り、一夜を明かすことにした。

育ちの良いツヴェイトとセレスティーナのために近くの宿で風呂を借り、ゼロスとエロムラはテントまわりの護衛に就く。当然だが風呂になどは入れない。

日本人なだけに、風呂に入れないことに対して多少思うところはあるものの、そもそもこんな田舎の村では浴場など宿泊費が高い宿くらいにしか設置されておらず、ひと風呂浴びるのにも相応の金額が取られる。

小さなサウナくらいはあるのだが、ここは村人も多く利用しているので常に順番待ちだ。疲れて戻ってきたのに列に並ぶ気にはなれない。

ゼロスとエロムラは夕食の準備をしながら、気長に二人の帰りを待っているところであった。

「……風呂、入りたかったなぁ～」

「エロムラ君は風呂場に行ったら覗《のぞ》きをするんだろ。また罪を重ねる気かい？」

「そのネタ、まだ引っ張るんスか……。もう勘弁してください」

「知ってるかい。犯した罪は死ぬまで消えることはないんだ……。記録にでも残されていたら、何年か後に誰かの目に留まることにもなる。そしてまた話のネタにされるんだよ」

「最悪、死後もネタにされるわけね……」

「漫画やアニメじゃないんだから、笑って許してもらえるような話じゃないでしょ。エロムラ君さぁ～、現実を舐《な》めてないかい？」

ぐうの音も出ない正論だった。

『ネタにされたくないなら、もう少し考えて行動しろ』という忠告なのだが、国の監視も行き届かない法律ガバガバなこの世界で、チート能力者が常識を持って行動できるか疑問だ。

そもそも地球とは常識や価値観も異なるので、普通に行動していても文化の違いから非常識と思われことも多く、この差異に折り合いがつくかどうかで異世界出身者の運命が分かれることもある。

お調子者のエロムラは真っ先に自爆するタイプだ。

「自覚しようよ。科学捜査が発達していないこの世界じゃあ、口証言だけで死罪なんてこともあるんだよ。奴隷落ちだけで済んでよかったじゃないか」

「その後、裏社会に売られたんですけど……俺」

「そんな目に遭っているのに、君はまた調子に乗って罪を重ねるんだねぇ。学習能力が欠如しているとしか思えないんだが？　今日も股間にキノコを生やして下ネタ炸裂《さくれつ》させてたしさ。あれって普通にセクハラだよねぇ」

「あれは俺のせいじゃないやい……」

「まさかとは思うけど、君……変なスキルや称号を獲得していないよね？」

「そんなはずは、ない…と思う……（念のためステータスを確認してみるか）」

不幸続きのエロムラは、おっさんに不吉なことを言われたことで久しぶりに自分のステータスを確認してみる。なにしろ思い当たることが多すぎた。

結果、スキルにはさほど変化はなかったが、称号という部分において変なものが見つかり、驚きのあまり『ギャー!!』と叫びをあげそうな表情で固まるエロムラ。

その様子を見ていたゼロスは、自分の言ったことが的中したのだと気付く。

「エロムラ君や、やはり変なスキルを獲得していたのかい？」

「……いや、スキルじゃない。称号を持ってた」

スキルとは特定の技能や技術に対しての補正効果や、戦闘や生産などの成功確率を上げる効果のこと。

対して称号は補正効果はあるものの、レベルアップによる能力向上はなく、特定の条件下で影響を及ぼすもので、ものによっては不運な目に遭う呪いとなることもあった。

「称号か……」

「【下ネタの道化師】と【やらないか】って……」

「………えっ？」

「【下ネタの道化師】は条件が揃《そろ》ったとき、低確率で周囲を巻き込みセクハラまがいの行動を強制実行させるらしい」

「………マジで？」

「そんで、【やらないか】なんだけど……」

「あ～……言わなくていいよ。なんとなくだけど、効果が分かった気がする……」

エロムラの泣きそうな顔が全てを語っていた。

称号【やらないか】は、自分を中心とした一定範囲内にそっち系の人がいた場合に発動し、低確率で誘引する効果を持っていた。【魅了】に近い効果である。

つまり、そっち系の者であれば魔物だろうがオネェだろうが関係なく引き寄せ、あるいは引き寄せられ、当人の意思を無視してジュッテ～ムな世界に引きずり込むのだ。

罰ゲームにしても酷《ひど》すぎる。

「……つまり、発動したら逃げられないんだね？」

「いやぁあああああああぁぁぁぁぁぁっ!!」

エロムラ、絶叫。そして慟哭《どうこく》。

ある意味、彼の運命が決定したようなものである。

ゼロスもこんなふざけた称号を得てしまったら、エロムラのように叫びたくなる。

嫌な話だが、気持ちは痛いほどに理解してしまった。同情するに値する不遇さだ。

「なんて恐ろしい称号だ……。あぁ～だからカマミーの群れに囲まれていたのか」

「俺のせいじゃないよねぇ!? 自分の意志じゃどうにもならないんだからぁ!!」

「君だけ別の世界で生きているんだねぇ。ＲＰＧ系列じゃなく、主にレディース雑誌や腐女子系のＢＬギャグ路線……」

「酷い、俺がいったい何をしたというんだぁ!! 人の青春の光と影を弄《もてあそ》びやがってぇ、呪ってやるぅ～～～～～っ!!」

「誰にだい？」

これを運命というのであれば、あまりに酷い。

神の采配というのであれば、エロムラにとって神は紛れもなく敵だろう。

『あっ、でもあの連中が神なんだから、エロムラ君の境遇も納得できるものが……』

この世界を牛耳る四神が原因であれば妙に納得できた。

連中は無責任で人間などどうでもよいと思っている。まあ、人間などどうでもよいという部分に関しては正統な後継者である邪神ちゃんも同じだが。

結局、変な称号を獲得した要因は、エロムラ自身の行動の結果であろうとおっさんは判断し、勝手に納得したうえで何も言わない。

鬱陶《うっとう》しく嘆くエロムラから視線を逸《そ》らすと、ちょうどツヴェイトとセレスティーナの兄妹が宿屋から戻ってきたところであった。

「先生、お待たせしました」

「いや〜、いい風呂だった……って、エロムラの奴が泣いているんだが、どうしたんだよ。師匠……」

「聞いてはいけないな、ツヴェイト君……。エロムラ君は今、人生の不条理に苛《さいな》まれているところだよ」

「「？」」

エロムラが苦悶《くもん》の表情で一人悶《もだ》えていたが、兄妹は『どうせ、くだらないことだろうな』と納得する。

日頃の行いの積み重ねが、悪い意味でこのような結果を招いていた。

「セレスティーナさんとツヴェイト君は、早めに休んでいいよ。見張りの交代時間が来たらエロムラ君と僕が交代するから。いや、エロムラ君を見張りにして大丈夫なのだろうか？　犯罪歴があるし、気付かないうちに悪戯《いたずら》する可能性も……」

「エロムラ一人にすると、セレスティーナに夜這《よば》いを仕掛ける可能性があるか……。不安しか残らないな」

「なら、私と兄様も見張りをやりますか？　特別扱いされるのも気が引けますし」

「う〜ん、クレストンさんにバレたら命が危ないから、見張りは男だけでローテーションを組むことにしよう。時間をどう割り振るか……」

「三時間ごとに交代がいいんじゃないっスか？　お昼前に村を出立できればいいし。あと、俺を性犯罪者扱いしないでほしい」

男が三人も首を揃えておきながら、女の子であるセレスティーナに見張りさせるというのはさすがに沽券《こけん》にも関わるわけで、野営の見張りは男達が行うと決める。

セレスティーナも『さすがに私だけ特別扱いは……』と食い下がったが、野郎ども三人は彼女の背後にいる爺馬鹿《じじばか》の姿を幻視してしまい、なんとか言い含めて諦めてもらった。

野営の見張りなどやらせたと知られれば、クレストンが文句を言うに決まっている。

こと孫娘に関しては面倒くさいのだ。

「二人も戻ってきたところだし、夕食にしよう。ワイヴァーンのベーコン入り野菜スープと、パン生地を窯に張り付けて焼いたナンだけどね」

「目玉焼きもありますね。このベーコンみたいなものは何ですか？」

「龍王の肉の柔らかジャーキー……。ナンに野菜と目玉焼きを一緒に挟んで、【漢前《おとこまえ》まよねぇ～ず】をかけて食すがよいアルネ」

「なんで、そこで謎の怪しい外国人口調？　その口調の認識は日本人の偏見だと思う」

「こまけぇ～ことはいいんだよ。食いねぇ、食いねぇ、飯食いねぇ！」

星空のもと、四人はテントの前で食事を摂《と》る。

だが……。

「このジャーキー、美味いんだけど……」

「やっぱりマヨネーズが後を引きます……」

「おっさん……やっぱりヤベェよ、このマヨネーズ。本格的に売ったら洒落《しゃれ》にならない事態になるんじゃ……」

「このジャーキーでも味で勝てなかったか……。このマヨで僕は世界を狙えるかもしれないなぁ～、脳裏に焼きつくようなインパクトが中毒になる」

本日二度目の【漢前まよねぇ～ず】は、強力な兵器食品という印象しか残らない。

このマヨの味だけで、今日という日をどのように過ごしたのか忘れるほどだ。

あまりの美味さに麻薬のような中毒性と依存性をもたらしながらも、健康被害は食べすぎ以外は皆無。それでいて全ての料理を味だけで凌駕《りょうが》する破壊力だ。

はっきり言って、料理人殺しと言っても過言ではない。

「売るなよ？　絶対にこのマヨを売るなよ？　他国に売りつけてマヨ戦争を引き起こせるレベルなんだからさ」

「それはフリかね、エロムラ君。ふむ……ここはデルサシス公爵に相談して――」

「「やめろよ（てください）!!」」

マヨネーズによる侵略戦争。これほど平和的で厄介な戦争はない。

なにしろ、ただ美味いだけなのだから――実に罪深い調味料である。

「【その美味さ、兵器級】ってキャッチフレーズ、いいと思わないかい？」

「師匠……だからソレ、洒落にならねぇって――」

「一般に出回っていい美味《おい》しさじゃないですよね。味が本当に兵器級なんですから」

「後世の演劇の役者が、『駆逐してやる……全ての料理を、一つ残らず』ってマヨネーズを片手に言いそうだよな。歴史に残るぞ、どんな演劇かは知らんけど」

「その期待に、ぜひとも応えてあげたくなるねぇ。まずはお隣の宗教国に量産したマヨネーズを流して……」

「「「やめれ！」」」

お隣に今にも滅びそうな国があるので、本当にマヨで国が滅亡させることができるのか実験として大いに興味がある。デルサシス公爵なら面白半分で実行しそうだ。

どうせ無責任な女神を信奉する国なのだからとおっさんも乗り気だが、材料のコッコの卵を大量に用意するのは至難の業だ。ワイルドコッコは弱い魔物だが狂暴でもあるのだ。

飼い主とコッコとの間で壮絶な卵争奪戦が勃発《ぼっぱつ》し、ウーケイ達のような規格外の存在が増えても困る。

「冗談だよ。さすがにウチのウーケイ達のような非常識な変異種が増えてもまずいでしょ、凄く残念だけど諦めるさ。あぁ……本当に残念だ」

『師匠、本当にマヨで国が滅びるのか興味あったのか？』

『凄く残念そうですね。本当に……』

『あんなコッコが増えるだと？　それ、どんなラグナロク？　つか、おっさん……お隣の宗教国をどんだけ滅ぼしたいんだよ』

なかなか危険な話をしている最中だというのに、ゼロスを除く三人の手は無意識にマヨネーズへと向けられていた。一舐めする手が止められない。

「フフフ……けど、君達を見ていて確信した。【漢前まよねぇ〜ず】をメーティス聖法神国で売りさばけば、いずれ『マヨをくれよぉ……。なぁ、金はいくらでも出すから、あのマヨを俺に売ってくれぇ……』と言い出す連中が増産されること間違いなし！　実にクリーンな侵略戦争だよねぇ。想像すると面白いと思わないかい？」

『『諦めたんじゃなかったの？　それにしても、なんて嫌な戦争……。確かに血が流れない戦争だけど……』』

ゾンビのように街を徘徊《はいかい》するマヨラー化した民衆。

あまりの美味《うま》さにマヨしか受け入れることができず、他の食事を摂取できず痩せ細るが、そのうちマヨの生産量に限界があるため特権階級の者達がマヨを独占。

マヨの保有者がバレでもすればたちまち暴徒が押し寄せ、民衆は口々に『マヨ……マヨォ〜……』とか『マヨ……ウマ……』などと呟《つぶや》き、マヨを求め無気力に街中を徘徊する。

やがて国内は荒れ果て、政治経済は破綻し、ゆっくりと確実に滅んでいく。

そんな光景が三人の脳裏を過《よぎ》った。

「いやいや、どこがクリーンな戦争だよ！　下手したらこっちにマヨを求めて攻め込んでくるだろぉ!?」

「マヨのために多くの血が流れるぞ！　おっさんは楽観的に考えすぎだぁ!!」

「だめ……手が止まりません。このままでは私達もマヨラーになってしまいます……」

「いくらなんでも、マヨばかり食べてたらさすがに飽きるでしょ」

「「このマヨの破壊力を過小評価しすぎている!!」」

おっさんにとって、【漢前まよねぇ〜ず】はガツンとくる程度の普通のマヨだ。

ゼロスは味に慣れているからかもしれないが、それ以外の者達にとっては人生致命傷レベルの美味さで、一口で確実に魅入られるのは目に見えている。

実際に国一つ潰せるほどの美味さで、ハマればその先にあるのは地獄だと直感で理解した三人だったが、戦慄《せんりつ》しつつもマヨを舐め続ける手だけは止まらない。

「それより、さっさと食事を終わらせようよ。後片付けがあるんだからさぁ～」

「「「このマヨ以外、何も食べたくなくなるんですが？」」」

もはや手遅れなのかもしれない。

◇　◇　◇　◇　◇　◇　◇

夕食を終えると三人は先に休み、ゼロスは一人野営の見張りを行っていた。

火のそばでツヴェイトとエロムラが寝袋で、セレルティーナはテントの中で眠っており、時折エロムラが『オネェが……オネェがぁ！』という寝言を呟いていた。

いったい何の夢を見ているのか気になるところだ。

「まだ地響きが……。ここのダンジョンは、どれだけ構造変化するのかねぇ。法則性が見えないし、分かることといえばもの凄く不安定だということだけ」

いまだに地下では変化が続いており、今後どのような問題が起こるかも未知数である。

サントールの街から近いこともあり、この異常事態がただちに収束してもらいたいところではあるが、自然現象なだけに時に任せるほかない。

『時が全てを解決する……か。考えてみればこの世界に来て、短期間に色々と面倒事に巻き込まれ過ぎてね？　スローライフには程遠い生活をしているよなぁ～……』

気軽な農業生活が、気付けば趣味にどっぷり嵌《は》まった創作生活。

ときおりヒャッハー。

ある意味で充実しているが、やっていることは適当にバイトをし、好きなことしかやらないニートのようなものだ。

いい歳してグダグダな生活を送っている。

『真面目に人生設計を考えてみようかねぇ……』

星空を見上げながら、煙草《たばこ》をくわえ火をともす。

ゼロスは気付いていない。自分がどうしようもないほどの趣味人であることを……。

真面目に将来のことを考えようとしても、別のことに目が移り、あっさり方向転換してしまう性格であることを……。

このおっさん、やり甲斐《がい》のあった社会人生活よりも自給自足生活の方が充実していたため、今さら社会の荒波に飛び込む気力が薄い。

堕落した自身に気付かず、今だけ薄っぺらい将来設計を考えるのであった。

翌朝、勇者の【田辺　勝彦】が火のそばで涙を流しながら寝ていることに気付いた。

エロムラが夜中に彼を招いたという。

朝食を済ませたあと、ゼロス達は勇者二人と共にサントールの街への帰路に就くのであった。

◇　◇　◇　◇　◇　◇

ゼロス達が野営していた空き地の地下深く……。

廃坑ダンジョンよりも更に深い場所でそれは動き出していた。

今まで魔力供給が断たれていたため、自身の作り出す領域の構築や拡張に支障が出ていたが、ここ数日の間に徐々に好転してきていることに気付く。

かつて繋《つな》がっていたネットワークもわずかに回復し、これまで活動停止状態であった世界中に点在する同類と情報の共有・交換・精査が行われ始めた。

いや、それだけではなく、自身の大本である存在の活動が活性化したことも理解する。

それ――情報集積体【ダンジョン・コア】と、【世界樹】と呼ばれる惑星環境管理システム【ユグドラシル】が長い年月を経て再び目覚め、共有した情報から今ある状況を打開すべく必要なプロセスを算出、実行に当たるうえでの最適プランを構築していく。

後の世界再生と大迷宮誕生へと繋がる事態が既に動き出していたのだが、今はまだ地上で生きる人々の誰もが気付くことはなく、ただ静かに時が流れていく。

観測者【アルフィア・メーガス】以外は……。

第七話　アド、無職になる

魔導式モートルキャリッジ以外にも、なぜか魔導銃の開発に手を貸すこととなってしまったアドであったが、その仕事がひと段落つき暇になっていた。

彼の仕事は弾丸を撃ち出すための装置担当であったため、魔導術式を刻む金型さえ完成すれば他にやることがなく、それは同時進行であった魔導式モートルキャリッジの魔導式モーターの磁力発生術式基板も同様で、型さえあれば後のことはドワーフ達が勝手に製作することだろう。

それどころか改良に着手するかもしれない。

いまだソリステア派の工房では魔導士達がこき使われているだろうが、その過酷な労働に自ら踏み込むつもりなどアドにはなかった。仕事に快楽を求めるドワーフ達とは今後二度と関わりたくないのだ。

そんな彼はもっぱら娘のかのんを可愛《かわい》がっていたのだが、リサやシャクティに『昼間からゴロゴロといいご身分ですね。こっちは必死に働いているのに……』という感情の込められた視線（無言の圧力とも言う）を向けられ、肩身が狭い思いをするようになってしまう。

彼は悟る。『男は、仕事がないと家庭で肩身が狭い』と――。

「ハァ～……。俺もゼロスさんみたいに農家でもやろうかなぁ～、自給自足の方が楽そうだし」

同じ転生者のゼロスは、見た限り悠々自適な生活を送っていた。

好きなときに働き、そして好きなときに遊ぶ。

自由を謳歌《おうか》しているように見え、アドからすれば羨《うらや》ましい。

『考えてみると、俺達ってこの世界で技術革命を起こしてるんだよなぁ～。避けていたはずの技術チートしまくりじゃん……。車の特許料も一部振り込まれるって話だし、そう遠くない未来にまとまった金も入るようになるが、少し複雑だ……』

ソリステア公爵家との裏取引がきっかけで、イサラス王国に魔導式モートルキャリッジの部品製造工場がドワーフの建築家の監修のもと、現在急ピッチで建てられている。

今後の技術発展によってもたらされる国への影響が気になるところではあるが、アドにとっては自分の家族の生活の方が重要なので、今後の身の振り方について相談するためゼロスの家を訪れていた。

『いつ見ても、すげぇ光景だな』

いつもながらニワトリが武術に打ち込む光景は異常だと思う。

なにしろヒヨコが並んで正拳突きの訓練をしているのだ。しかも手練《てだ》れは衝撃波まで発生させている。こんな物騒なニワトリが増えたら、どんな騒ぎが起こるか想像できない。

飼い主も面白がって鍛えているのだから、洒落《しゃれ》にならない強さになっていくことは明らかだ。

人類の敵にならないか心配である。

『そういえば、工房から別邸に帰ってくる途中、タチの悪い酔っ払いをヒヨコ達が仕留めていたのを見かけたな……。こいつら野放しにしていいのか？』

アドは以前、ソリステア派の工房から帰宅途中に、ヒヨコが集団でゴロツキを袋叩《ふくろだた》きにしているところを目撃したことがあった。

その時はドワーフの職人に無理やり酒を飲まされていたので、当初は幻覚かと思っていたのだが、物騒な生物は目の前に否定しようのない証拠として実在している。

サントール旧市街はもはや猛獣がうろつくデンジャーゾーンである。

親鳥も武闘派なら雛《ひな》も武闘派。

この鳥はもう、弱小な魔物などではなかった。

色々と思う彼の目の前を、シャドーボクシングをしながら駆けていく、ひときわ大きなニワトリが横切る。

「おっ、ちょうどよかった。ウーケイ」

「コケ？　（なんだ、師父の友人殿ではないか）」

「ゼロスさんは家にいるか？」

「コケコケ（師父なら家におられるぞ。地下で何やら作業をしているようだ）」

「地下？　あぁ～、あそこね」

ゼロスの家には何度も来ており、アルフィアの件で地下室があることも知っている。

ただ、邪神ちゃんが復活した以上、そこに用があるとは思えない。

隠れて何かをする必要など、もうないはずだからである。

「コケ、コケコケコケ（若造も来ているようだが、二人で何かを作っているようだぞ）」

「若造？　誰のことだ」

「コケコケ（確か、エロムラとか言ったな）」

「あぁ～……」

エロムラ。ゼロスやアドと同じ転生者だ。

ツヴェイトの護衛をアンズとしている話を聞いたが、アドはあまり話をしたことがない。

そもそもエロムラはイストール魔法学院内での護衛を任されているだけで、ツヴェイトが実家に戻ってきている以上護衛は他の騎士達の仕事になり、公爵家本邸で待機していることが多かった。

アドとは異なり仕事は一時休職状態だ。素直に羨ましい。

「助かった。サンキュ～、ウーケイ」

「コケ（大したことではない）」

ウーケイの背中を見送るアド。その後ろ姿は妙に風格がある。

ふと、『俺まで奴らの言葉が明確に分かるようになっちまった……。これって普通に考えておかしいよな？』と、現実に立ち返る。

だが、所詮《しょせん》はファンタジー世界。人間の言葉を理解するようになる魔物もいることだし、あまり深く考えないことにした。

今はこの無職状態をなんとかするほうが最優先だった。

◇　◇　◇　◇　◇　◇

カチャカチャと響く金属音。

巨大な金属の塊を弄《いじ》り回すおっさんと、その横で放心しているエロムラの姿があった。

無理やり彼を誘ったとはいえ、何もしない状態でそばにいられると何だか腹が立つ。

そんなとき、エロムラはポツリと呟《つぶや》く。

「なぁ……ゼロスさん」

「何かね、エロムラ君……」

「あのパワードスーツモドキと訓練用ゴーレム、なんで部屋の隅に擱座《かくざ》してんの？」

エロムラの視線の先に、剥《む》き出しのまま放置されたパワードスーツの骨組みが、無造作に置かれていた。

完成させるのであれば周囲にそれらしい部品が置かれていてもいいのだが、パワードスーツにはうっすらと埃《ほこり》が被《かぶ》っており、ところどころに錆《さび》まで浮かんでいる。

「パワー制御が難しいと分かってね、前の暴走以降使えないと判断した。アイゼンリッターも関節部に疲労が出てるんだ。やっぱ思いつきで作ったら駄目だねぇ、最初からちゃんと設計しないとさ」

「アレを見ていると震えがくるのはなんでかな？　錆まで浮いて、無駄な子扱いになってんじゃん」

「……別に無駄というわけじゃないよ、エロムラ君。少なくとも使えないという結果が出たから」

「…………」

どこかの発明家は実験に失敗しても、そのことが分かったので成功だと喜んだらしいが、その結果が錆《さ》びついたまま完成されることもなく放置とは、あまりに酷《ひど》い境遇である。

なぜか泣きたいエロムラだった。

「それよりも手を動かしてくれないかい？　この多脚戦車から砲だけを抜き取りたいんだからさ」

「なんで砲だけ抜き取るの？」

「……砲がアハト・アハトなんだよ。完全自動化されたロボット兵器に搭載しておくにはもったいないじゃないか」

「ようするに、自分で装填《そうてん》してぶっ放したいだけじゃないスか。なんでわざわざ不便な兵器の方に戻そうとすんの。便利なままじゃ駄目なん？」

「駄目……兵器というのはねぇ、血が通ってなきゃいけないいんだよ。走る棺桶《かんおけ》というところにロマンがあるんじゃないか。エロムラ君も分かってないねぇ」

エロムラからしてみれば、第二次世界大戦時の戦車と完全自律起動できる多脚戦車との間に差はない。どちらも砲弾をぶっ放す兵器としての認識しかないからだ。

むしろ勝手に敵を倒してくれる無人兵器の方が便利だとさえ思う。

「いつ暴走するか分からない兵器なんて、僕には怖くて欲しいと思わないさ。やっぱりマニュアル操作じゃないとねぇ」

「けどさぁ〜、こいつを取り外してどうすんの？　おっさんのことだから戦車を作る気なんだろうけどさ」

「予定では戦車か自走砲にでもするつもりだよ。動力も多脚戦車のモノを流用するつもりさ」

「できんの!?」

「重機の構造を流用する。同じ技術が使われてるから可能さ」

「そもそもなんで重機の構造なんて知ってるんスか？　一般人には馴染《なじ》みがないでしょうに」

「大学で中古のパワーショベルをバラしたこともあったなぁ〜。フッ……昔の友人達はヤベェ連中だったぜ。チハタンくらいなら作れたと思う」

「中古とはいえ重機を分解できる大学って……よっぽど金があったんスね」

ゼロスが通っていた工科大学はかなり自由度が高い講義を受けられることで有名だった。技術を高めるためであれば、それこそコンピューターウィルスをプログラムしても許されるほどに自主性を重んじており、ゼロス自身も友人達と好き勝手に様々なことに挑戦した。

知識と技術を深めるためという名目のもと、バイクから重機にいたるまで分解した経緯があり、だからこそ戦車の構造もなんとなく理解できてしまう。

この異世界に来て色々と試した限り、工作機械を用いずとも戦車程度なら作れることを確信してしまい、『なら作らなくちゃ損じゃん』と開き直ったのだ。

ちなみにアハト・アハトの構造は、趣味の一環で当時ネットで調べ覚えていた。それ以前に実物が目の前にあるので作る必要もない。

「けどコイツ、厳密にはアハト・アハトではないのでは？」

「八十八ミリならアハト・アハトだよ。旧ドイツ軍の武器ではないというだけのことさ」

「なんか釈然としないものが……。それにしても、この装甲どっから外すの？」

「そこが問題なんだよねぇ……。いっそぶった斬ったほうが早いかな？」

「部品交換はどうしてたんだろ……」

「見た限りだと武装を全部外してから整備したんだと思う。砲塔も含めてね」

「外れんの？」

おっさんは『そりゃ外れるよ』と言うが、エロムラは『防水加工はどうなってんだ？　渡河を行ったら水が入るし、搭乗者が溺れるんじゃゃ……』とぶつくさ呟く。

この多脚戦車、無駄に大きい割に搭乗者が二名と限定され、砲塔のキューポラからハッチを開いて中に乗り込む仕様だ。中は想像以上に狭い。

脚部を動かす動力と弾薬庫、自動装填装置、ついでに大きめの魔導力炉と後方上部に搭載されたミサイルポッドの可動部が大半を占め、内部は正体不明の計器類で埋め尽くされている。

ご丁寧に冷暖房完備だ。

搭乗する兵士には快適なのだろうが、ゼロスはそこが許せない。

『空調設備の充実は分かる。だが、これは僕の知る戦車じゃない。レーザー搭載の作業用アームなんていらないじゃないか』

おっさんは戦車に対し変なこだわりがあった。

ここでひとつ言っておくと、多脚戦車は厳密には戦車などではなく、戦車の形をしたロボットだ。有人でも動かせるオマケ付きのプログラムで自律稼働する無人兵器である。

戦車から派生したロボット技術の集大成で、その設計思想は無駄な人員を削減するというただ一点にあるわけだが、その代わり整備性は劣悪だ。

一度整備するには装甲をすべて剥《は》がさなくてはならないのだが、どこから手をつけてよいのか分からない。分解できるのは脚部くらいのものだ。

「ミサイルポッドは取り外せたんだけどねぇ。砲塔はどうやろうか？」

「これ、結構重いんじゃないッスか？　普通に考えても俺達だけじゃ手が足りないだろ」

「中の電子機器を先に取り外してたほうが無難かねぇ？　空いたスペースで八十八ミリ砲を分解すると……なんとかなると思うんだけど」

「装甲を全部取っ払うほうが確実かもしれないけど、ネジ穴すらないし全然外せる仕掛けが見当たらないぃ〜〜っ、俺達だけじゃ無理だぁ〜」

「やっぱ無茶か……。つか、普通なら整備のために装甲が外せるはずなのに、この多脚戦車は繋《つな》ぎ目すら全く見当たらない。どうなってんだろうねぇ？」

普通、どんな機械でも整備しやすいように設計されているものである。

車や戦車もそうだが、エンジンに不調が出た場合に即座に整備ができるよう、外側から装甲を開けられるように作られているものだ。

だが、多脚戦車にはそれが見当たらない。

熱排気するためのスリッドはあるものの、内部を整備するために装甲カバーを外すボルトやリベットすら見当たらない。

「内側からボルトで固定しているのかとも思ったが、中も似たような感じだしなぁ〜。溶接箇所も見当たらないし、まるで魔導錬成で作られたような……いや、待てよ？　魔導錬成……？」

「おっさん、何か気付いたん？」

「ちょっと試してみる。少し離れていてくれ」

「お？　おう……」

ゼロスは多脚戦車の装甲に手を触れると、錬成陣や錬成台を使うときのように魔力を流してみる。

すると、装甲のいたるところに光のラインが走り、場所によっては勝手に装甲が剥がれて床に落ちた。しかも全て人が二人で持てるサイズに細かく分離している。

「な、なんじゃこりゃ!?」

「装甲の内側に簡易魔導錬成陣の術式が刻まれているんだ。装甲を取り付けたときに魔力を流すことで術式が発動し、金属同士を溶接したかのように癒着させてる。だから繋ぎ目が見当たらない」

「それだと、敵に外側から魔力を流されて、装甲が剥がされるんじゃないのか？」

「いや、それを防ぐ役割が強化魔法の術式だよ。癒着した装甲は内側にある魔導力炉から常に魔力が送られ、強化魔法によって硬度が維持される。つまり異なる魔法によってコーティングされるから、動力が動いている限り敵が装甲を剥がすことはほぼ不可能。しかも恐ろしく超硬度ときた。考えられているねぇ」

剥がれた装甲に触れて調べてみると、装甲は三重構造となっているようで、術式は中央の金属に刻まれているのだろうと予測できる。

希少金属による合金で耐久性があるが意外にも厚みがなく、魔法強化により強度を上げることに重点が置かれているのか、あるいは軽量化のためかは知らないが装甲板は思ったよりも軽かった。

「この多脚戦車、図体《ずうたい》に似合わず軽いのかねぇ？　レールガンの一発で脚部が吹き飛んだしなぁ～……」

「いや、さすがにレールガンまでは想定してないだろ。あの威力なら、ティーガーの装甲でも簡単にぶち抜けると俺は思う……」

「こいつがいつの時代のものかは分からないが、魔導文明の最盛期じゃないことだけは確かだねぇ。大出力のレーザー衛星を作れる時代のものにしては、妙に操縦席まわりがごちゃごちゃしてるし」

「いつの時代のものだろうが、やべぇ兵器だというところは変わりないんですが？」

エロムラの言っていることは正論だが、ゼロスが気にしているのはそこではない。

多脚戦車が魔導文明の初期に開発された兵器だとすれば、そこから派生した後継機はどのように進化していったか。技術の発展次第では戦車が低空を飛行できた可能性も考えられる。

なにしろ【エア・ライダー】と呼ばれる飛行バイクがあったくらいだ。

『……空飛ぶ砲台を戦車と言えるのか微妙だねぇ』

実際に存在していたかは知らないが、完全にコンピューター制御で飛行する戦車をおっさんは戦車とは呼びたくなかった。

ただの偏ったこだわりである。

「うぉ!? な、なんだこれ！　戦車……なのか？」

「おや、アド君じゃないか。どしたの？」

「こっちのセリフだ。どっから拾ってきたんだよ、こんなもん」

「ダンジョンに落ちてたよ」

「マジか……。ファンタジー感ぶち壊しだな」

「魔法が科学に近いのか、科学が魔法に近いのか分からなくなるよねぇ。あっ、暇なら手伝ってくれないかい？」

飛んで火にいる何とやら。

のこのこと現れたアドをこれ幸いと、多脚戦車の分解作業に巻き込んだ。

こうして八十八ミリ砲は取り外され、ゼロスの趣味はブレーキの壊れた暴走列車のごとく更なる加速を見せることになる。

このおっさんは、もう止められない。

「ところで、こいつは？」

「こいつって……初対面なんですけど。ども公爵家でお世話になってる――」

「あぁ、ツヴェイトの護衛か。確か……エロムラだっけ？」

「……結局その名が定着するのね。俺は泣かない！　でも、涙がちょちょぎれちゃう。男の子だもん」

「いや、普通に泣いてるだろ。どうでもいいが、部屋の隅にあるパンジャンドラムは何なんだ？」

「なんとなく作ってみたが、解体するのがもったいなくなってねぇ」

「「…………………」」

いや、止まる気は最初からないのかもしれない。

◇　◇　◇　◇　◇　◇

『勝手知ったる他人の家』という言葉がある。

今はともかく、昔の日本文化においてご近所付き合いはオープンで、お隣さんが他人の家の状況をよく把握していた時代があった。

事後承諾で物の貸し借りが行われ、しかもあっさりと許され、今では余計なお世話と思われがちな人の触れ合いが平然と行われていた頃だ。

絶えて久しい義理人情。ご近所の人達がほとんど家族と変わらず付き合い、助け合いながら日々の生活を暮らしていた古き良き時代ともいえる。

無論、相応の良識や常識があってのことだが、少なくとも今でいうボスママや勝手な思い込みで不必要に煽《あお》ってくる隣人は少なかった。

なぜこのような話題を出したかというと、お隣の教会に住む隣人と非常識な魔導士の家との関係が、まさに『古き良き時代の隣人との付き合い』に該当するからである。

「うあ〜〜……しみるな」

湯船のお湯に身を浸したジャーネは、その温かさで日々の疲れを癒《いや》していた。

普段の姉御風とは大きく異なりリラックスした表情で、言い方を変えれば締まりがないくらいに蕩《とろ》けきっている。

温泉旅行に行って以降、ジャーネはすっかり風呂にハマってしまった。

そう、要するに教会のうら若き乙女達は、たまにゼロス邸へと風呂を借りに来ているのだ。

当然、ゼロスも容認している。

「ジャーネ……その言い方はおじさんくさいですよ？」

「そうは言うが、風呂なんて滅多に入れるもんじゃないし、この快楽を知ってしまったアタシとしては、もう風呂なしの生活なんて耐えられない」

「一応、ここはゼロスさんの家なんだから、少しは遠慮して……あぁ、私達二人でゼロスさんにお嫁入りするから、別にかまいませんか」

「んえ⁉」

ルーセリスのいきなりの発言に、ジャーネは思わず湯船に沈んだ。

そんな彼女を見てルーセリスは楽しそうな笑みを浮かべている。

「ななな、なにを言ってるんだ！」

「えっ？　でも結婚したらここが私達の家になるわけですし、間違ってはいないですよね？」

「結婚って、なんでお前はそう簡単に言えるんだ。そりゃアタシだって結婚願望はあるけど……」

「ジャーネ……既にプロポーズまでされているのに、まだゼロスさんを男性として意識しようとせず逃げる気なんですか？　これは、もっと強引な荒療治をするべきでしょうか……」

「やめろ！　麻痺《まひ》させられた挙げ句にロープで雁字搦《がんじがら》めにされた後が大変だったんだぞ。その……生理的なものが………」

「追い詰めれば婚姻届を出すことを承諾すると思ったのですが、かえって頑固に抵抗された挙げ句トイレを理由に逃げられるとは盲点でした。数日間監禁の予定でしたのに」

「アタシの意志はガン無視だろ！」

「最初から二人を裸にしてトイレ付きの密室に監禁すればよかったですね」

「悪魔か！」

荒療治の手段が容赦なかった。

その日以降、ジャーネはルーセリスに協力したイリスにすら警戒して疑いの目を向けるようになってしまい、計画は立てても強硬手段にはなかなか出られなくなってしまった。

「ルー……なんでお前は前向きに結婚を決められるんだよ。年の差とかそういうことに悩んだりしないのか？」

「逆に聞きますけど、発情期の症状が表れているのに悩む必要がありますか？　私達の本能がゼロスさんを求めているのに」

「発情期って言うな……。それにしたってもっと……こう、段階を踏むべきなんじゃないのか？

その……例えばだがデ、デート……したり……とか……」

「ゼロスさんにそれを求めるのは無駄だと思いますけど？」

「何気に酷いな!?」

年頃の娘二人が浴場で交わす、恋バナといってよいのか分からない内容の会話。

この手の会話は教会でよく話しているので今さらだが、少しずつ夏が近づくほどに【恋愛症候群《ラブ・シンドローム》】の症状も強くなっており、ルーセリスとしてはジャーネの奥手な性格を心配してのことだ。

人間の発情期とでも言うべき【恋愛症候群恋慕暴走現象《ラブ・シンドローム》】のシーズンが到来し、本能の赴くまま絶叫告白をするのが恐ろしいのだ。友人が社会的に死ぬところなど誰も見たくないだろう。

場合によっては、人前で嫁に行けなくなるような醜態を晒《さら》しかねない事態にもなる可能性も高く、それほどまでに脳内がお花畑で侵食される厄介な現象なのである。

「つまり、段階を踏めばよいということですね。分かりました、明日三人でデートしましょう」

「い、いきなりだなぁ!?　つか、おっさんにも予定というものがあるだろ。地下で何しているかは知らんけど」

「ハァ〜、そうやって先送りにし続けて、最悪の事態に陥ったらどうするんですか？　自分の身に起きていることなのに」

「分かってるよ……」

ジャーネとて別に結婚したくないわけではない。

理由として年齢差を口に出してはいるが、実のところこの世界では歳の差夫婦など珍しいわけでもなく、街を歩けば普通にいくらでも目にすることができる。

では、何が問題かというと……彼女の内面が夢見る乙女であることだった。

「んなことより、勝手におっさんの予定を決めていいのかよ。つか、アタシも生活費を稼がないといけないんだが……」

「たまにはゆっくり休まないと、溜《た》まった疲労でお仕事に支障が出てしまいます。週に一回くらいは休日を入れるべきですね」

「無茶を言うな。いい依頼は早いもの勝ちだ。より多く稼ぐために、いつも傭兵《ようへい》ギルドの掲示板を確認する必要があるんだぞ。毎日チェックしていないと見逃してしまう」

「移動するだけでもお金がかかるのに、そのうえ装備の手入れ代に回復用の薬代。食費に宿代も入れたら相当な金額になりますね。よほど効率よく依頼を受けないと赤字になってしまいますから、必死になる気持ちも分かります」

「分かっているなら邪魔するなよ。共同資金が尽きたらいよいよ転職を考えなくちゃならんのに」

傭兵は数十人で効率よく依頼を受けるクランにでも所属しない限り、普通に生活が厳しい。

ジャーネ達もポーションや傷薬程度は作れるようになったので、他の傭兵より多少生活に余裕があることは確かだが、それでも装備品の手入れなどで出ていく出費の方が多かった。

依頼を受け続けなくてはレナ達と共有の資金も尽きかねず、毎日傭兵ギルドの掲示板の前で壮絶な依頼争奪戦を繰り広げ、なんとか生活している現状なのだ。

「いっそ薬屋さんにでもなったらいいのでは？　転職したほうが安定した収入が得られると思うんですけど……」

「アタシらの腕じゃそんな稼ぎは無理だろ。ポーションは製作者の技量次第で効能や保存期間に差が出るし、安定した収入を得ている信用ある錬金術師に負けるぞ」

「大丈夫です。その時はゼロスさんが懇切丁寧に手取り足取り教えてくれますよ」

「それが狙いか！　アタシは重婚って言葉に抵抗があるんだよ」

一部の国を除きこの世界では重婚が普通に認められている。

ルーセリスのように重婚を当たり前のように受け入れている者もいるが、乙女なジャーネは一途《いちず》な愛に憧れを持っていた。

それ以外にも別の理由から結婚というか夫婦というものに忌避感があり、幼少の頃に受けた父親からの虐待のトラウマから、拒絶とまではいかないものの男性を避ける傾向が強い。

しかもその原因が恋多き母親の浮気逃避行なので、重婚という言葉に拒否反応が出るのである。

理由を知っているルーセリスも無理強いはしたくないのだが、恋愛症候群という奇病というか珍病の恐ろしさを知っているだけに、強硬に事を進める必要があった。

だが、彼女の思うように進めるのは難しく、傭兵というういつ仕事が入るかも分からない不定期な職業ということもあり、ゼロスとジャーネの仲を取り持つ接点を作るのがとても難しい。

あまりしつこくするとジャーネが逃げてしまうので、どうしたものかと頭を悩ませる毎日が続いていた。

美しい友情である。

「ゼロスさんに、もっと歩み寄るべきだと私は思っていますよ？」

「ルーは往診がないとき以外はほとんど教会にいるが、アタシは生活のために依頼を受けて、各地を回らなきゃならないんだぞ。一日休むだけで数日分の稼ぎがなくなるんだからさ」

「だからこそ今デートするんです！」

「だから、なんでそんなに強引なんだよぉ!?」

「前から言っている通り、私は……ジャーネが奇怪な行動を繰り返して社会的に死ぬところなんて見たくないんです」

「うっ………それも分かっている。心配してくれるのは素直に嬉《うれ》しいが……」

ジャーネも本当のところは分かっている。

傭兵活動で移動が多いことは確かだが、サントールの街に帰ってきてゼロスを見るたびに、彼女の心臓は自分の意志に反して激しい動悸《どうき》を起こす。

今まで考えないようにしてきたが、最近は多少ゼロスの顔を思い浮かべただけでも心臓の鼓動が激しくなるようになり、その頻度も増え姿を見ただけで思わず身を隠すようになったほどだ。

『……これって、本当に恋なのか？　なんか小説のようなときめきとは違う気がする』

恋のときめきなどというのは、あまりにも無粋で無遠慮、内面乙女なジャーネには受け入れがたい。

愛だの恋だのという話はジャーネにとって小説の中の話であり、夢見がちな彼女がいざ現実に直面すると偏った知識が影響して否定的になり、直感や本能からくる衝動に対して忌避するようになってしまっていたのだ。

しかし現在は、放置するとやがて奇行に走るタチの悪い時限爆弾を抱えたような状態であり、対策は急務であった。

「今のうち本能に身を任せたほうが楽ですよ？」

「だから、アタシはそういう勢い任せが嫌なんだよぉ！」

この世界は本能からくる衝動に身を任せて結婚する人達は大勢おり、意志の力でその衝動を否定する人の方が少数といえる。

そして、恋愛症候群による衝動に逆らい抑え込む者ほど酷い目に遭うことになる。

おそらくジャーネの考え方に同調する者は、ゼロスのような異世界人くらいであろう。

異世界人にはイリスもいるのだが、彼女はジャーネの結婚に肯定的で相談相手にならない。それ以前に内面がお子様だった。

「だ、だが……いきなりデートというのは難易度が高くないか？」

「私も一緒に行きますから、そんなに気負わなくてもいいですよ。ゼロスさんと二人きりでジャーネが会話できるとは思えませんから」

「何気に酷いぞ……」

ゼロスとたまに買い物に出かけるルーセリスは、二人きりの会話も全く苦ではない。

対してジャーネは異性と二人きりで街を歩いたことすらなく、しかも相手は父親と言ってもおかしくないくらいに歳の離れた年長者だ。会話が続くとは思えなかった。

無論、ゼロスとジャーネくらいに歳の離れた夫婦は世間に大勢いるが、いざ自分が当事者になると気後れしてしまう。それ以前にもう一つ問題がある。

ある意味これが一番の原因ともいえるだろう。

「あぁ～、認めるよ。アタシは確かにあのおっさんに惹《ひ》かれているさ。けどさ、アタシにも思うところがあるわけだ」

「それは乙女趣味なところですよね？」

「ほっとけ！　そりゃ、アタシだって……結婚はしたいと思っているよ。けど、あのおっさんはムードもへったくれもなくセクハラ発言を連発するじゃないか」

「たぶんですが、ただの照れ隠しだと思いますけど？」

「だとしてもだよ……その、なんだ……。できれば勢いでなく、ちゃんとプロポーズしてほしいな〜と、アタシは……思う、わけで……。憧れというか……」

「ジャーネ……」

ジャーネは頑《かたく》なに拒んでいるが、実のところはおっさんを嫌っているわけでもない。

なにしろ本能からくる衝動があるため、嫌でも相性というものを理解させられる。

だが、それでも譲れないものがある。

そう、乙女趣味のジャーネが求めているのは、異性からのロマン溢《あふ》れる甘ったるいプロポーズの言葉だった。

ルーセリスもジャーネと長い付き合いゆえにそこは理解しているのだが——、

「無理じゃないですか？」

「少しは肯定してくれてもいいんじゃないか!?」

——バッサリと切り捨てた。

「ゼロスさんもある意味でジャーネと同じです。私達との年齢差もあるのでしょうから、会話の合間の隙《すき》を突いて勢いでプロポーズするしかないでしょうね」

「なら、今度はアタシらから返答を返さなくちゃ駄目なのか……」

「以前の婚姻届はまだ残っています。私としては今すぐにでも出しに行きたいところですけど」

「その婚姻届、誰が準備したんだ？　お前も神官としての仕事とガキ共の面倒があるから、取りに行く暇なんてあるはずがないんだが……」

「準備したのはメルラーサ司祭長様ですよ？　定例報告会の時に司祭長が目の前に突き出してきて、『ルー、あんた……ジャーネともども発情期が来たんだってぇ～？　しかもあの魔導士に惹かれるとか、ホントに仲がいいんだねぇ～、ひひひ……』と言いながらくれたんですけど」

「誰だ……司祭長様に教えた奴は……。頼むからまだ出すなよ？」

ごねて勢いのまま結婚せずに済んだことは今も正しいとジャーネは理解している。

しかし、正式にプロポーズされている以上は自分で返事をせねば失礼にあたり、かといって断ろうにも相性の良さは既に恋愛症候群の症状から判明しているので説得力がない。

しかも時間が経《た》つほどに最悪の事態が近づいてくる。

「ジャーネ、覚悟を決めてください」

「もう少し時間をくれよ……。こんなの人に言われて決めるもんじゃないだろ」

「仕方がないですね。でも私達に残された猶予は少ないということを覚えていてください」

「うぅ……」

普段の行動からは見えてこないジャーネの乙女な一面を、ルーセリスは正直可愛らしいと思う。

羨ましいとすら思える。

だが、それ以上に――、

「話は変わりますが、ジャーネ……」

「なんだよ」

「また、胸が大きくなっていませんか？」

「にゅえっ⁉」

――ジャーネの胸の成長が気になった。

ルーセリスもスタイル的には上位に入るが、ジャーネはそれを大きく超えていた。

女性から見ても目を奪われるほどに引き締まったプロポーションをしており、何より褐色の肌が息を呑《の》むほど美しい。

正直、嫉妬すら覚えるほどだ。

「触ってもいいですか？　胸……」

「ちょ、話がいきなり飛びすぎだろぉ⁉」

「いえ、ジャーネを見ていたら何と言いますか、ムラムラ～ときてしまいまして」

「ま、待て……なぜに距離を詰めてくる。それにお前だって充分に綺麗だろ。胸だって平均以上あるって、絶対！」

「ジャーネ……人というものはですね、自分にないものを追い求める存在なのです。そう、私にはないその豊かな膨らみを……」

「ちょい、ま、待て、ルー……。お前は何を言って………つか、言うほど小さくもないだろぉ、むしろお前だって大きいほうだから！　や、やめ、ふぁあああっ⁉」

浴室の中にてうら若き乙女の悲鳴が響き渡る。

幸いと言ってよいか分からないが、ゼロス達がいる地下へ聞こえることはなかった。

第八話　おっさん、多脚戦車を解体中

ゼロス邸の地下では、三人の男達によって多脚戦車が解体されていた。

取り外された八十八ミリ砲は無造作に天井から吊《つ》られており、本体の方は電子機器などの撤去作業を行い、脚部を動かす魔導力モーターや円柱型の魔導力機関が無残に晒《さら》されている。

ゼロスとアドの解体作業は恐ろしく速く、エロムラがモタモタしている間にもフレーム以外のパーツが次々に取り外されて、まるでアリに食い尽くされているような錯覚をエロムラは感じた。

「……ゼロスさん達、作業が異常に速くね？」

「エロムラ君の作業が遅いだけだよ」

「いやいや、俺はこう見えて整備工場で仕事してたんですけどぉ!?　そんな俺よりも機械に強い二人って……」

「俺は適当にバラしてるだけだぞ」

「アド君や、できれば鑑定を使ってからバラしてくれませんかねぇ？　札にどこのパーツか書いてくれると嬉《うれ》しいんだけど」

「あらかじめ言ってくれよ。もう遅いだろ」

おっさんは後になってから無茶を言う。

もちろんアドも一応は鑑定しながら解体作業はしていたのだが、分かるのは意味不明なナンバーのようなものだけで、それ以外の詳細な情報は見られなかった。

首を傾《かし》げながらも落ちている機械を手に取るアド。

「パーツの番号らしきものは分かるんだが、これは何のための機械なんだ……」

「僕には火器管制ユニットと見えているけど？」

「俺には正体不明の番号しか見えん。製造番号か、それとも商品登録番号なのか？」

「俺ちゃんには鑑定しても何も出てこない……。おっさんとアドさんは見えてるんだよな？」

「ナンバーだけな。鑑定スキルの精度はゼロスさんの方が上かよ。確かスキルレベルは同じくらいあったよな？」

「個人差によって鑑定スキルに差が出てるのかねぇ？　それとも性格か？」

「あっ、鑑定できた……って、【搭乗員が残したグラビアデータディスク】ってなんだよぉ！」

エロムラの鑑定スキルは主にエロ方面に反応していた。

どうにも鑑定スキルは使用者の内面に大きく左右されるようである。

「しっかし、よくもまぁ拾ってきたもんだ。ダンジョンにはこんな兵器が無造作に放置されてんのか？」

「いや、この手の兵器はダンジョンが異界《エリア》を構築した際に、偶然に再現されただけなんだと僕は思っている。ダンジョンに兵器を複製する意図はないんじゃないかな」

「それって、ダンジョンが事象から過去の環境情報を引き出しているってことか？　鑑定スキルみたいにさ」

「鑑定スキルというより、地形データを元に再構築したら偶然そこに兵器の情報が含まれていたってところじゃないかねぇ。結果的に『兵器もできちゃった』ってだけだと思うよ」

「あくまでも偶発的で悪意などの意図はないと？　それが事実だとすれば、ダンジョンコアに外部の情報を集め利用する能力があるってことになるんだが……」

「やっぱり、そこに気付くよねぇ」

今まで知られているダンジョンの形成プロセスは、地下深くの魔力溜《だ》まりからダンジョンコアが発生し、時間を掛けて迷宮を構築していくという流れであった。

だが、旧時代の遺物を再現しているという新たな事実からすると、ダンジョンは迷宮を構築する際に過去から今までの情報を集積しているか、あるいはどこからか情報の提供を受けている可能性が高いことになる。

「……素朴な疑問なんだけど、ダンジョンってなんなんだ？」

「僕に言われても困るよ。情報がないから推測することができない」

「生物兵器も複製してたしなぁ～、ファンタジー世界は常識を超えた神秘に満ちてるってことなんじゃね」

『『なんでだろう、エロムラ（君）が言うと、途端に胡散臭《うさんくさ》く聞こえるのは……』』

生物すら簡単に複製可能なダンジョンという存在が、ゼロスとアドにはどうしても異様なものに感じられていたが、そこにエロムラの一声が加わると凄《すご》く嘘《うそ》くさい話に聞こえてしまう。

特に彼の口から幻想とか神秘という言葉が出るほど、不思議と道端に転がる石ころのように価値のないものに聞こえるのだ。

端的に言うと説得力がない。

これもエロムラの普段の行いが悪いからであろう。

「エロムラ……お前、もう少し真面目に生きたほうがいいと思うぞ」

「君が神秘だの幻想だの口にしても、もの凄く胡散臭いものにしか思えなくなるんだから不思議だねぇ。はっはっは」

「酷《ひど》い！　俺、割と真面目に答えたんですけどぉ!?」

「「真面目に答えてなお残念に聞こえるんだな……」」

それだけエロムラが残念だという印象が定着しているということなのだろう。

この染みついた駄目さ加減は簡単に払拭《ふっしょく》できるものではない。

「まぁ、知ってそうな人物に心当たりはあるけど、最近帰ってこないんだよねぇ。ウチの腹ペコ居候モンスター」

「それって、人を下僕扱いするヤツのことか？」

「誰？　その人物って誰ぇ？　俺の知っている人？」

「「知らないほうがいい。普通に生きていたいなら」」

邪神が復活して民家で飯を食ってると知れば、エロムラがどんな反応を示すか興味深いところではあるが、無理に惑星一つ簡単に消滅できるような存在と会わせる必要などないだろう。

むしろ知らないほうがいい。

「それにしても、結構バラしたなぁ～……。チートな俺でもさすがに疲れたぞ」

「アド君や、それはただの運動不足ではないのかい？」

「つか、この一番デカい機械が動力なのは分かるが、こっちの大小の黒い金属塊はいったい何なんだ？」

「鑑定の結果だと、内部に賢者の石を利用した集積回路が詰め込まれた制御装置らしいけど、僕も詳しいことは分からない。どうやって分解するんだろうねぇ？　装甲板のように魔導錬成の術式を利用しているわけではないようだし、壊れたらこいつごと入れ替えるのだろうか……」

謎の多いブラックボックス。

この正方形の黒い金属塊には配線を繋《つな》ぐ穴がいくつも開いているだけで、それ以外は表面にはネジ一つすら使われておらず、分かることは多脚戦車の機械全てがこれに集中して繋がっていたことだけだ。

「魔導力機関は見た目から動力だと分かる。そこから配線がこの箱に一度繋がり、計器類を経由して脚部を動かすモーターを稼働させる仕組みか……」

「ほんと、どうやって作ったんだ？　ただの金属の箱にしか見えないんだけど……」

「【エア・ライダー】のブラックボックスもこんな感じだったたし、今さら驚きはしないけど、内部構造が分からないのは痛いなぁ～。システムの全てを統括しているのがこの箱と見るべきなのかねぇ？」

謎の箱の内部構造が分からない限り複製は事実上不可能なのだが、『困ったもんだ』と言うゼロス自身それほど困っているようには見えない。

むしろ興味を持っているのは装甲の方だった。

「まぁ、動力はディーゼル機関にでもするからいいとして、この装甲に使われている術式くらいは流用したいかなぁ～。強化魔法で装甲の強度はいくらでも変えられるから、車体そのものの軽量化が図れる。魔導力機関から直で魔力を流し込めば、オリジナルの戦車よりも軽量で頑丈なものが作れるぞぉ〜」

「魔力って、万能なんだな……」

「アドさん……作るのはおっさんなんだぞ？　絶対に何かやらかすと思う」

「失礼な。この魔導力機関を使い魔力を貯蓄し、装甲の強度を上げるためだけに流用するんだ。あっ、この世界に軽油はなかったよなぁ〜。ひまし油かアルコールじゃ駄目かな？」

「『俺達に聞くなよ。それと搭乗員はどうすんだ？』」

一人で戦車を動かすことはできない。

運転、通信、砲手、装弾とそれぞれ役割が分かれており、小型のもので最低二名は必要だ。少なくともゼロスが作ろうとしている戦車は四名ほど人員が必要だろう。

まぁ、走らせる程度であれば運転以外の担当者は必要ないが、攻撃は厳しいだろう。

「搭乗員？　ん〜………二人いれば充分じゃね？　通信士なんて必要ないし、装弾も砲手がやればいいんだから足りると思う」

「いや、ゼロスさん？　戦車の弾って結構重いんじゃ……」

「魔法で爆発を起こすから炸薬《さくやく》なんていらないけど？　弾頭だけ装填《そうてん》する仕様だし、充分に軽量化できる。装填役が必要だと思うかい？」

「『戦車である必要はないんじゃね？』」

「大丈夫だ、問題ない」

ドヤ顔のゼロス。

このおっさんは当初、戦車製作は諦め自走砲にするつもりだった。

だが今は駆逐戦車にする方向へと考えを変え始めている。

なにしろ魔導錬成や強化魔法を利用すれば頑丈かつ軽量な装甲が作れるわけで、見た目だけなら重戦車でもいけそうな気がしていた。

おっさんの脳裏に過《よぎ》るティーガーやパンターの雄姿がロマンを掻《か》き立てる。

「ドイツの技術力はぁ～～っ、世界一ぃぃぃぃぃぃぃぃぃぃっ!!」

「「魔法を使う時点でドイツの技術力は関係ねぇ!!」」

おっさんに何者かが憑依《ひょうい》しているようだった。

しかし、ゼロスが何かを始めて予定通りに進んだことはあまりない。

「んなことより、腹が減ったぁ～……」

「ちょいと待って……。作業に夢中になっていたが、もう夕方くらいだぞ」

「没頭していたから、一日が終わるのがホントに早いねぇ。どう？　これから一杯やってくかい」

「「すきっ腹なのに酒を飲ます気か!?」」

アドとエロムラのツッコミを背に受けつつ、『じゃぁ、何か作るよ』と言いながら三人は地下倉庫を後にする。

こうして趣味人に感化された男達の戦車製作は始まった。

◇　◇　◇　◇　◇　◇　◇

地下から戻ってきたゼロスはそのまま台所で夕食の準備に入り、アドとエロムラは椅子に座ってその様子を眺めていた。

だが、ことエロに関しては嗅覚が鋭い不名誉な称号持ちのエロムラは、独身男が一人で住むこの家に違和感を覚えていた。

それは比喩的表現の嗅覚でなく、文字通りに『女』の匂いを嗅ぎ取っていたのだ。

「アドさん……。ゼロスさんって独身だよな？」

「そう聞いているが、なんでそんなことを俺に尋ねてくるんだ？」

「家の中に女の匂いがする。それも、来たときは感じなかった比較的新しいものだ」

「犬か、お前は！」

凄くアホなことを言いだした彼に対し、呆《あき》れ気味のアド。

だが、エロムラのアホ発言を肯定するかのように、台所のそばにあるドアが開くと奥から二人の女性が現れた。

ルーセリスとジャーネである。

「んぉ？　ルーセリスさんとジャーネさんでしたか」

「あっ、ゼロスさん。お風呂お借りしました」

「いつも風呂を貸してくれて助かる。いやぁ～、いい湯だった」

「どういたしまして。風呂を作ったけど、どうせ僕しか入りませんからねぇ。にしてもジャーネさんはいつもご機嫌ですね。ジョニー君達は入ろうともしないのに」

「アイツらは風呂嫌いだからな。せめてカエデとアンジェだけは入ってもいいだろうに」

教会のパワフルチルドレンズは、勝手に台所を漁《あさ》るが風呂に入ろうとしない。

聞くところによると着替えるのが面倒らしい。

「あの子達、子供らしいところがあったんだねぇ」

「ですがもうすぐ成人ですよ？　身だしなみにも気を配るくらいしてほしいのですが……」

「色気より食い気だからな。それより……後ろで鼻息を荒くしている奴が気になるんだが」

『『エロムラ（君）……』』

二人の湯上がり美女を前にして、下ネタの道化師という称号持ちのエロムラは、思春期の少年の持つ青い性の滾《たぎ》りに身を焦がしていた。

表情はセクハラものであったが……。

「……ま、まぁ、お二人とも美人だからねぇ。この年代の若者には刺激が強かったんだろう」

「美人だなんて、そんな……」

「い、いや……刺激だけでこうも興奮するものなのか？　女だからよく分からないんだが……」

湯上がりの赤毛で褐色の肌を持つモデル体型の美女と、しとやかな雰囲気を持つ聖女のような女性を前にし、エロムラのハートは燃え尽きるほどバーニング。

さすがのおっさんも『殴って気絶させるべきだろうか？』と思うほどの興奮状態だ。

そんな彼の肩にアドが手を乗せ――、

「エロムラ……そんなに性欲に忠実すぎるから、彼女ができないんだぞ？」

――と、憐《あわ》れみを込めた視線を送りながら致命的な一言を告げた。

それも妻子持ちに言われた。

「グハァ!!」

「これも変な称号がついたせいなのか、それとも元からの性格が原因なのか、悩むところだね。まぁ、僕にはどうでもいいんだけどさぁ〜」

「げぶらぁ!!」

「称号？　こいつ、変な称号を持ってんのか？」

「やめて、聞かないでぇ!!　俺のライフはもう0なのよぉ!!」

さすがに、美人二人の前で【下ネタの道化師】と【やらないか】の称号持ちなどと言われたら、エロムラは軽蔑《けいべつ》の視線を向けられ、社会的に死ぬかもしれない。

ここで転生者組は忘れているが、そもそもこの世界は現実であり、ステータスに影響を及ぼすような【称号】など存在していない。

称号とは何かを成し遂げた者に他者から与えられる名誉なのだ。その称号に影響を受けているのは転生者だけであるのだが、彼らはその異質さに気付いていなかった。

「あの……今ならお湯も温かいので、ゼロスさんもお風呂に入ってきたらどうですか？」

「ん〜、けど夕食の準備もあるからねぇ。二人とも先にどうだい？」

「俺は遠慮しておく。二人が入った後なんだろ？　ユイのヤツにバレたら俺が殺される」

「……深刻だねぇ。実現しそうで怖いな」

「だろ？　だから俺はこのまま別邸に戻ることにする。アイツ……俺に関することは勘が鋭いだけでなく、鼻も利きやがるからな」

「ヤンデレストーカー気質がそこまでとは……。せめてお湯を沸かすから、タオルで体をふいていくといいよ。結構汚れてるだろ？」

「そうする」

アドには命に関わる問題だった。

対してエロムラはというと――、

『な、なにぃ!?　こ、こんな美人が入った風呂……だとぉ!?』

――やはりというべきか、エロに関して真っ先に反応していた。

その感情が、口に出すことすら憚《はばか》れるほど思いっきり表情に出ていたりする。

絵にも描けないセクハラレベルのだらしなさだった。

「「…………」」

「「……エロムラ（君）。まさか、ここまでとは……」」

妙な称号がついたのは性格的な要因からだと判明した瞬間だった。

顔を真っ赤に染めて軽蔑の視線を送るジャーネとルーセリス、対してゼロスとアドは額に手を当て呆れる。

言い訳しようのない状況に陥っていた。

そして重い沈黙の時間が流れる。

「はっ!?　ち、違うんだ……こ、これは……」

「エロムラ、諦めろ。誤魔化しようがない」

「聞いてくれよぉ、これは称号が悪いんだぁ!!」

「いや、称号はあくまで補助的な役割でしかないんじゃないかな。つまり、元から異常者の資質があったということになるんだろうねぇ。ご愁傷様……」

「う、嘘だ……。そんな、そんなはず……うわぁあああぁぁぁぁぁん!!」

いたたまれなくなったエロムラは全力で逃げていった。

おっさん、ちょっぴり罪悪感を覚える。

「ひょっとして、悪いことしちゃったかな?」

「トドメを刺したのは間違いないが、アイツの自業自得じゃないか? んじゃ、俺も帰るわ」

「ごくろうさん、明日もよろしくねぇ。って、汚れを落としていかないのかい?」

「あの屋敷にも風呂はあるし、俺も借りられるからな。しかし、これだけの時間動いても給料でねぇのが痛いがな……」

「えっ、出すつもりだけど? さすがにタダ働きはさせないさ」

「マジで!? おっし、これで当面の仕事ができた! ひゃっほ~っ!」

「アド君っ!? ……って、行ってしまったか」

アドは一時的にだが仕事ができ、浮かれながらゼロス宅を出ていった。

とりあえずの無職から脱却ができ、リサやシャクティに白い目で見られることがなくなるので、よっぽど嬉しかったのだろう。

「……なんつぅか、あの二人……実におっさんの知り合いらしいよな」

「それは、どういった意味でですかねぇ?」

「その、個性的と言いますか……どこか私達とズレているという感覚があるのですが、そこがゼロスさんと似ているように思えますね」

「まぁ、頭のネジがどこか緩んでいるのは確かですかねぇ。常識人ぶっていても、どこかおかしいですから。あの二人は……」

「「アンタ（ゼロスさん）が一番おかしい（ですよ）」」

「えぇ～～っ？」

常識人ぶっているという言葉は、まんまゼロスにも当てはまる。

自分で言ったことがブーメランとなって戻ってきては世話がない。

「夕食は一人分で済みそうだ。そういえばお二人とも夕食はまだですか？」

「今はジョニー君達が率先して用意してくれていますよ。『野営でも美味《うま》いものを食べられるようになるんだ～』とか言って」

「そういうところはアタシも見習う必要があるな。護衛や討伐依頼の時は、いつも干し肉を齧《かじ》っていたからな……」

「それは栄養が偏りそうだ。野菜の塩漬けくらい準備したほうがいいと思いますねぇ、簡単に作れるし手間もかからない」

傭兵《ようへい》の食料事情はかなり適当だ。

特に護衛依頼などの時は、魔物や盗賊の襲撃に気を配らなければならず、野営中でも他の傭兵と戦闘以外で協力し合うことはない。

パーティーにもよるが食事を重要視する者達は少なく、必然的に簡単に食べれるものが選ばれ、疲れを取るための甘い菓子などを誰かが持っているだけでも喧嘩《けんか》騒ぎになるほどだ。

「柑橘《かんきつ》類の蜂蜜漬けでもいいねぇ」

「んなものを持ってたら、他の傭兵達に目をつけられるだろ。ただでさえ女ということだけで目立つのに」

「夜中に夜這《よば》いをかける傭兵もいそうですよね」

「ルーセリスさんもはっきりと言うねぇ、ジャーネさんが赤面してますが？」

「あら？」

夜這いという言葉だけで頬《ほお》を赤らめるほどにジャーネはウブだった。

そんな彼女を見ていると妙に心臓の鼓動が速くなる。

「ジャーネさん……」

「な、なんだよ」

「今すぐ籍を入れませんか？　そして今夜は君とフォーリンラブ」

「なに言ってんだぁ!?」

「おじさんねぇ、今すぐ君を押し倒したい。なんか、こう……可愛《かわい》らしくてムラムラする」

「ゼロスさん……そういうことを言うから、ますますジャーネが頑《かたく》なになるんですよ？」

ルーセリスの言葉に少し熟考し、ぽんと手を叩《たた》く。

「なら、段階を踏んで押し倒すことにします。そして今夜は三人、軋《きし》むベッドの上でレッツパーリー」

「そ、そんな……ゼロスさん。私も覚悟はできていますが、今夜なんていきなりすぎます。それも三人でなんて……」

「そこぉ!?　ルーが気にするのはそこなのかぁ!?　つか、今夜と言っている時点で段階なんか踏んでないだろ!!」

「湯上がり美人を前にして、ムラムラしない男なんていませんよ。僕もエロムラ君を見習って、性欲に素直になろうと思いますぜ！」

「見習うなぁ!! 遊んでいるんだな？ アタシをからかって遊んでいるんだろぉ!?」

当然だがおっさんはジャーネの反応を見て楽しんでいた。

忘れがちだが、こう見えてドS主任と呼ばれた経歴の持ち主で性格が悪い。

意地悪な言葉にいちいち反応を見せてくれるジャーネが可愛らしく、思わず素で遊んでしまった。

しかしながら恋愛症候群《ラブ・シンドローム》のこともあり、そろそろ本気で互いの距離を縮めないことには精神暴走の危険が高まるので、ルーセリスの提案するデートは良い手だと思えた。

「まぁ真面目な話、デートするという提案には賛成ですねぇ。百歩譲って絶叫告白は良しとして、精神暴走による奇行だけは受け入れられないですし……」

「いや、アタシだって社会的に死にたくない。けど、三人でデートっておかしいだろ」

「そうですか？ 街を三人で歩いて店を回って、食事をして他愛《たわい》のない話をするだけですよね？」

「それ、デートって言えるのか？ こう、劇場で演劇を観たりとかは？」

「一般人が演劇鑑賞するにしてもお金の問題が……。入館料って結構かかりますよね？」

「うっ……」

劇場で行われる演劇や歌姫などのコンサートは、とてもではないが一般人が鑑賞できるものではない。それ以前に一般人に芸術が分かる者は比較的に少ないので、自然と客層は裕福な商人か貴族に限られる。

もちろん一般人でもチケットを購入すれば観ることができるのだが、チケット一枚で一般の民は数日くらい生活できる値段だ。民には縁のない世界なのである。

特に傭兵家業のジャーネやルーセリスにはとてもではないが、手が届かない。

「それくらいだったら僕が出しますよ。デートなら、なおさら男が支払う場面だよねぇ」

「えっ？　い、いや……アタシも言ってみただけだし、そもそも演劇を観て芸術の何たるかなんて分からないぞ」

「私もちょっと遠慮したいですね。神官の修行時代に一度オペラ鑑賞に行ったことがありますが、すぐに眠くなりましたから」

「あぁ〜、ルーはそういうの苦手そうだよな。悲劇的な内容の劇を見て大笑いしそうな気がする」

『見た目で判断するなら逆の感想を持ちそうだが、実際はジャーネさんが乙女趣味で、ルーセリスさんが現実主義なのにざっくばらんなところがあるからなぁ〜』

見た目と性格がこれほど一致しないのも珍しい。

ゼロスも二人と交流しているからこそ受け入れられているわけで、知らなければ二人のギャップに困惑しただろう。

「しかしデートかぁ〜……。若い頃に一度したきり縁がなかったなぁ〜」

「お、おっさん……その性格で女とデートしたことがあるのか!?」

「学生だった頃の話ですよ。今はともかく昔は真面目な性格だったんですがねぇ、あの姉のせいで見事に歪《ゆが》みましたよ」

「「あぁ〜……納得」」

ゼロス――大迫《おおさこ》　聡《さとし》がまだ少年だった頃、友達以上恋人未満の幼馴染《おさななじみ》がいた。

当時はただ平穏な日常の中で、ゆっくりとだが関係を深めていく、そんな当たり前の日々であった。

しかしそれも厄介な姉――麗美《れみ》の介入で家庭ごと破壊される。

結局は幼馴染の少女とは疎遠となり、その後の彼女の行方を友人達のツテで知ることができたときには、既に交通事故で他界した後だった。

以来、ゼロスは麗美――シャランラの存在を憎み続けている。

たとえこの世からいなくなったとしてもだ。

多感な時期の淡い恋心が無残な形で奪われたことから、もしかしたら自分は幸せになるべきではないのではと、心のどこかで思っていたのかもしれない。

「二人とも被害に遭ったんだから分かるでしょ？　あんな女が身近にいたんじゃ、恋人なんてつくることなんかできやしない。いつ騙《だま》されて家の金を盗まれるか分かったもんじゃないからねぇ」

「「……（あんな姉がいたんじゃ、新たに恋人をつくることなんてできない。不憫《ふびん》な……）」」

おっさんの不遇な人生に同情する中、ルーセリスはほんの一瞬、ゼロスの言葉の中に悲哀の感情を感じた気がした。だが、その後のゼロスの態度はいつもと変わりないので、『気のせいでしょうか？』と心の中で呟《つぶや》く。

「ですが、僕にも人並みに結婚願望はあるんですよ。奴のせいでこの歳まで独身でしたが」

「そのあたりも何となく理解できます……」

「他人に寄生するような女だったしな。しかも、吸い尽くしたらさっさと逃げ出すところがまさにダニだ」

「お二人も身に覚えない借金を背負わされそうになりましたし、奴のクソな性格が分かるでしょ。そんなのが身内なのだから堪《たま》ったもんじゃない」

以前、麗美――シャランラが養護院に入り込んだとき、姿を偽る魔導具を利用してジャーネ達に借金を背負わせようとしたが、ゼロスのおかげで難を逃れた。

厄介な身内を抱えるということがどれだけのストレスになるかを思うと、無茶苦茶なこのおっさんにも同情したくなるものだ。性格が歪む理由がよく分かる。

「いつ現れるか分からないお姉さんのことを、ゼロスさんはずっと警戒していたんですね」

「ですが奴はもういない。そろそろ自分の人生を真面目に考えてもいい頃合いだとも思いますねぇ。僕はこのまま結婚してもいいと思っていますが、やはり若いお二人にはそれなりの段階が必要だとも思う。よし、明日にでもデートしましょう！」

「話を急に変えんなぁ、即断しすぎだろぉ!!」

おっさん、デートには凄く乗り気だった。

「上手《うま》くエスコートできるかは分かりませんがね」

「あっ、私……デートに着ていくような服を持っていません。どうしましょう？」

「アタシだって持ってないぞ。つか、んなところに使う金なんてない」

「いつもの格好でいいんじゃないかい？　君達のような美人なら何着ても似合うだろうし、変に着飾る必要はないと思いますが」

「……ナチュラルにポイントを稼ぎにきてるし」

「真面目な表情で美人と言われると照れてしまいますね……」

照れた表情の二人に年甲斐《としがい》もなく萌《も》えるおっさん。

それは別として、ゼロスにとってルーセリスからのデートの提案は渡りに船だと思うところもある。その理由だが――。

「以前、僕がプロポーズしたときのことなんですが、ずっと勢いで行動したものだと思っていたのですが、今思うと唐突で強引すぎるのに、それをずっとおかしいと思っていなかったんですよ」

「「えっ、どういうことだ？（ですか？）」」

「いやね、僕は恋愛症候群の兆候が出ていることは心拍数などで気付いていましたが、それでもお二人との関係は時間を掛けて縮めるつもりだったんです。ところが、ジャーネさんをからかっているどさくさに思わず『結婚してください』と口から出てしまった……」

「「……はい？」」

「しかも冷静に受け応えしてまして、自分でもそれが自身の意志だと思っていた……」

「違うのですか？」

「あの時、お二人が受け入れられる形での結婚までの段取りを相談するつもりでいたのに、突然思考が変わったようにプロポーズしていたんです。それがおかしい行動だったことに気付いたのが、実は昨日の寝る前だったんですよ。当時の記憶があるのに、僕はずっとおかしいとすら思っていなかった……」

「ちょっと待て！　それって、まさか……」

恋愛症候群の症状は、本人の自覚がないまま突然行動に表れる。

重度の症状が出ている者達は絶叫告白や奇行に走ることが多いが、もしこれらの行動が本人も異常とすら思わず無自覚のまましているのだとしたら、これほど恐ろしい奇病はないだろう。

しかも本人には暴走時の記憶が残される。

「分かりますか？　正常だと思っていた自分が、実は異常な行動をとっていたという事実。しかもその時の行動がしっかりと記憶に残されるんですよ……。そら〜死にたくなりますよ」

「自分の奇行が異常だと思わない……いえ、当事者は異常であると認識できないのですね。思っていたよりも事態は深刻です。今すぐにでも三人の距離を縮めるべきなのですが……」

ゼロスとルーセリスはジャーネに視線を向けた。

無論、ジャーネも危険な状況であることは理解している。

ゼロスの言っていることが事実であれば、ジャーネやルーセリスの行動にも症状が表れているということだ。しかもそれがあまりにも自然なために判別が難しい。

「自分でも自覚できないとなると、気をつけたところで無駄でしょうね……」

「だからデートするという提案、僕は賛成しますよ。こんなの防ぎようがないじゃないですか」

「うぅ……よく分かった。デートの話、乗ることにする……」

そう、三人は既に逃れられない運命の中にいる。

恋愛症候群の症状が出た瞬間から未来は確定しているも同然であった。

だが、その症状を無視して今のままでいると、無自覚による精神暴走によってどんな行動を起こすか分からず、しかも暴走後の記憶が残されるところが更に恐ろしい。

「理性すらも侵食されると見るべき症状だし、しかも末期は性欲の衝動も追加される。ここで決断しなかったら最悪な事態は確定ですよ。ジャーネさん、よくぞ決断しました」

「仕方がないだろ……自分の行動すら疑わしくなるんだから」

「フッ……僕はお二人を幸せにできると断言はできません。ですが、幸せになれるよう努力は惜しまないつもりです。互いの仲を深めるような積み重ねの時間もなく、なんだかよく分からない病状に追われて言うのは大変心苦しいところですが、あえて言います。僕と結婚してください」

「そ、それは本気のプロポーズか⁉　それとも奇病による暴走なのかぁ⁉」

「どっちだと思います？　残念ながら僕にも分からないんですよ」

マジ顔で聞き返すゼロスに、ジャーネは一瞬で赤面。

口を金魚のようにパクパクと動かすと、『ふひゃぁ〜〜〜〜〜っ‼』と叫びながら逃げ出した。

どこまでも純情純真な乙女なのである。

「ゼロスさん……今、素でジャーネをからかいましたね？」

「あ、分かります？　反応が可愛くてつい」

「悪い人ですね、乙女心をもてあそぶ行為は恥ずべきことです！　私がゼロスさんの立場でしたら、もっと……間違いなく同じことをしますね。自信もあります」

おっさんとルーセリス、二人がどこに惹《ひ》かれ合うのか分からないが、どうやら感性は似ているところがあったようである。

もっともルーセリスが『人が悪い』のに対し、ゼロスは『悪い人』だという違いはあるが……。

「ところで、ルーセリスさんが結婚に対して積極的なのは、無意識に暴走しているからですかねぇ？」

「ふふっ、どっちだと思います？」

「まぁ、判別できませんし……今は保留にしておきましょう。それよりデートの予定日が決まっていないんですが、どうしたものかねぇ……」

「明日の午前中でいいのではないのでしょうか？　どうせジャーネも暇ですしね」

本人のいないところで勝手に予定日を決めていいのか一応尋ねてみると、ルーセリスは『このまだとジャーネは逃げ続けるだけですから、強引に連れ出したほうがいいんです』と答える。

見た目とは裏腹に容赦がない。

かくして、ジャーネの意志を無視した形でデート日は翌日に決まった。

おっさんはルーセリスが教会へと戻っていく後ろ姿を見送りながら、『あ～……アド君達に午前中のバラシ作業、二人でやってもらうよう伝えなきゃねぇ』と呟くのだった。

二人が別れた後、教会にて――。

「というわけで、明日デートすることに決まりました」

「唐突すぎるだろぉ、アタシの意志は完全に無視か!?　それにデートするにも着ていく服なんてないぞ」

「そこは大丈夫ですよ。帰ってくる途中で心強い味方に出会いましたから」

「……ども。神出鬼没の下着売りです」

ルーセリスが連れてきたのは、胸の発育が妙に健やかな忍者少女アンズだった。

客がいるところ、彼女はどこにでも現れる。

「アンズさん、ジャーネに似合いそうな服はありますか？」

「最近、下着ばかり作ってて飽きてた……。たまにはこういうのもいい……」

そう言いながらどこからともなく様々な女性服を出現させるアンズ。

オフィスでのカジュアルなレディースファッションからコスプレ衣装まで、なんでもござれだ。

「ぐぬぬぬ……」

こうして逃げ場がないことを悟ったジャーネは諦め、大人しく着せ替え人形と化した。

そして、ルーセリスに多少お金を用立ててもらい、ジャケットを購入したのだった。

◇　◇　◇　◇　◇　◇　◇

闇夜に包まれた草原にて、それは当てもなく彷徨《さまよ》っていた。

生物としてはかけ離れたその存在は、内に蓄えた魔力の枯渇に伴い次第に力を失っていく。

それでも生きようと人里を目指し移動していたのだが、野生の動物や魔物を食らっただけでは満たされない。存在を維持しようとすればするほど魔力を失っていくからだ。

それは——歪《いびつ》な形状をした肉の塊であり、腕のない女性の上半身から六本の人の脚が生えた異様な姿をしていた。

腹部にある縦に裂けた大きな口が目立つが、それ以外にも背中や側頭部にも大小複数の口が存在し、深海魚のような目玉が脇腹や背中で忙《せわ》しなく動き、捕食すべき獲物を探し続けていた。

『……姐《あね》さん。俺は……どうやらここまでだ』

『ちょ、またなの!?』

『もう、意識を……保てねぇ……』

『お前が消えると、あとは俺だけか……。先に向こうへ逝《い》っていてくれ、俺もすぐに向かうからよ』

『へへ……最後まで碌《ろく》でもない人生だったぜ。あばよ……ダチ公……』

また一人、盗賊の魂が消滅した。

捕食した人や動物の肉で構成された化け物の中に、シャランラを含む盗賊達の魂が存在していたが、魔力の枯渇と共に一人また一人と魂が昇天していく。

それは残された魂達に死が間近である現実を残酷に示していた。

『……残るは私とあんただけね』

『姐さん……もう諦めようぜ。所詮《しょせん》、俺達は死人なんだよ。どれだけ足掻《あが》いても生き返れるわけじゃねぇ』

『嫌よぉ、私は生きるの!!　いい男を掴《つか》まえて、贅沢《ぜいたく》の限りを尽くし豪遊しながら他人を見下して生きるのよ!!』

『清々《すがすが》しいまでに生き汚ねぇな……知ってたけどよ』

盗賊の魂は既に生きることを諦め、消滅という形で輪廻転生《りんねてんしょう》の円環の中へと消えていくことを望んだが、シャランラだけは欲望という鎖で生きることに執着していた。

盗賊の魂はそんなシャランラに呆れながらも、ある意味では尊敬の念すら覚える。

『俺ももう意識を保てなくなっている。こうして話すのも最後になるだろうぜ』

『なら今すぐにでも消えなさいよ！　私だけでも生き残ってやるわ』

『だからよぉ〜、もう死んでいるって……』

何度言ったところでシャランラは納得しない。

自分が消えたところで、後に残されるのは化け物と化したシャランラだけだ。

ならばと、盗賊の魂は小さな肉玉となって分離する決断を下す。

『じゃあ、俺もそろそろ消えるぜ……。姐さんもぜいぜい生に執着してみせろや』

『もちろん、そのつもりよ』

『そっか……。ハァ〜、ホントに碌でもない人生だったな。親父《おやじ》達に謝れなかったことは心残りだが、今さらか……。クズには似合いの最後だ。じゃぁな、姐さん……』

ポトリと落ちた小さな白い肉片。

粒子と化し魔力の拡散と共に魂の束縛は消え、最後の盗賊の魂は輪廻の円環へと戻っていく。

色々と心残りはあるが、散々悪事を働いてきた罰だと盗賊の魂は受け入れ、一人残されるシャランラを憐れみの目で眺める。

意識が朦朧《もうろう》としていく中、幸せであった頃の記憶を思い出し、盗賊は寂しげにこの世から去っていった。

対するシャランラはというと……。

『ウフフ……やっと消えてくれたわね。これでしばらくは魔力消費を抑えられるわ』

シャランラは盗賊達の魂が消える度に、自分が扱える魔力量が増えることに気付いていた。

他の魂が消えたことで消費される魔力は少なくなり、シャランラがこの世界に留《とど》まれる時間が増すことになる。それが退化か進化なのかは定かではないが……。

「あはははは、私は生きてやるわ！　あのドラゴンにも二度と食われてやるもんですか！　そして今までのように馬鹿な男どもを誑《たぶら》かして、散々貢がせた後にボロ雑巾のように捨ててやるのよ！　そう、私は女王なのよぉ!!」

平原のど真ん中で、馬鹿みたいに笑いながらクズ発言を叫ぶシャランラ。

だが、彼女は気付いていない。

今の彼女は今まで取り込んだ生物の影響で、その姿が既に人外そのもの――要するに化け物になっているということを。

自分がもはや人とすら交流できないほどの醜い姿だということが頭から抜け落ちていた。

第九話　ソリステア兄妹の魔導錬成風景

「「嘘《うそ》、だろ……」」

前日、多脚戦車の解体作業を行っていたアドとエロムラは、今日も続きの作業すべくゼロス邸を訪れたのだが、朝も早くから衝撃的な話を聞かされた。

「俺とエロムラで解体作業するのはいい。それよりも信じられないのは……」

「おっさんがデートを理由に作業を抜ける……だとぉ？　しかも相手が昨日の二人だぁ!?　嘘だと言ってくれよ……」

「いや、エロムラ君が信じられないのは分かるが、でも事実なんだよねぇ」

「もしかして、【恋愛症候群《ラブ・シンドローム》】とかいう発情期が原因か？」

「そうなんだよ……。このままだと僕はいずれ精神暴走による奇行と絶叫告白を起こし、社会的に死ぬかもしれない。僕にはもう、残された時間がないんだよねぇ」

【恋愛症候群恋慕暴走現象《ラブ・シンドローム》】はアドも話に聞いていていたから知っている。

まさか、その兆候が表れている者が身近にいるとは思わなかったが、同時にゼロスが独身ということを考えると『結婚すればもう少し落ち着くんじゃね？』とも思う。

アドからしてみれば恋愛症候群による暴走よりも、ゼロスの趣味における暴走の方が遥《はる》かに怖く、いつトンデモ実験に付き合わされるのか分かったものではない。

対してエロムラだが、こちらはゼロスに心惹《ひ》かれる女性がいる事実が信じられないでいた。

「な、なんでこんなおっさんがモテるんだ……。しかも二人……昨日の聖女様と姐《あね》さんがお相手だとぉ!?　男の趣味が悪すぎだろ……」

「エロムラ君や、それは本人を前に失礼じゃないかい？　僕だって人並みに女性にも興味はあるんだがねぇ」

「問題はあんたの性格だろぉ、クレイジーダイナマイトな性格なのにぃ!!」

「失礼だなぁ……殴っていいかい？」

「まぁ、エロムラの言い分も俺には分かる。趣味のためには他人すら利用するところがあるし、俺も散々巻き込まれた」

ゼロスには心当たりがありすぎた。

ただ、ヤンデレの年下女子を妻にしたアドや、エロに忠実な非モテ男子のエロムラにだけは言われたくない。

普通からは程遠い二人なのだからだ。

「この世界には人間に発情期があるのか。なら、俺にもワンチャンあるかも……」

「「あ〜……それはないわ」」

「酷《ひど》くね!?　世界は広いんだから、こんな俺にも相性のいい相手がいるかもしれないじゃん」

「いやね、恋愛症候群は精神波長が魔力と作用して引き起こされる共振現象で、眠っていた野性の直感が半ば強引に相手と同調するんだ。精神のハウリング現象によって脳波が増幅されるわけで、それが精神暴走を引き起こすことに結びつく……」

「つまり、酔っ払いのごとく自覚なしで奇行に走るから、気付いたときには牢屋《ろうや》行きとなっているわけだな。俺がゼロスさんから聞いた話の限りだと、エロムラの場合は素で暴走している気がしないでもないが……」

「俺を奇行種扱いしないでぇ!?」

異世界に来ていきなり奴隷ハーレムを作ろうとしたエロムラの行動は、どう考えても暴走していたとしか思えない。立派な奇行だ。

恋愛症候群罹患者《りかんしゃ》と異世界に来てすぐに奴隷ハーレムづくりに勤《いそ》しんだ変人。暴走するならどちらがマシであろうか。

「エロムラ君や、僕はまだ社会的に死にたくないんだ。それは彼女達も同じでね。しかたがないんだよ」

「だからって、いきなり嫁さん候補が二人は羨《うらや》ましすぎるぅ!!　そんなことが許されるのかぁ、俺は奴隷落ちしたのにぃ!!」

「この世界ではどこぞの宗教国家や一部の小国以外、一夫多妻や一妻多夫が合法的に許されているぞ？　まさかエロムラ……今まで知らなかったのか？」

「……いやぁ、奴隷ハーレムのことしか頭になくて……」

エロムラは当時、情報の重要性を理解していなかったのか、深く情報収集をせず短絡的に『奴隷制度がある＝奴隷には何をしてもＯＫ』と解釈した。

性格的に浅い考え方しかできないと言い換えることができるだろう。

たまに真面目な話をすることもあるが、その場の勢いで思っていることを口にしているだけで、実際は自分自身が発した言葉の意味を深く考えていないように思える。

「……エロムラ君さぁ～、プラモを説明書なしでいきなり組み立てるタイプでしょ。学校でもテストの直前になって焦って動くような、場当たり的な感じ」

「な、なんで分かった!?」

「部品数がおかしいことに気付いてから、初めて説明書を読むのか？　マジでそんな奴がいたのかよ。それにテスト前日に慌てて予習した程度で何が変わる」

「説明書なんて、分からなくなったときに見ればいいんだよぉ。参考書も人生も同じだぁ!!」

エロムラは試験前に一夜漬けするタイプだった。

普段は授業など真面目に受けず、いざ困った事態が起きたときにようやく本気で動く。

だが、大抵はこの時点で既に手遅れの場合が多い。

学習とは何も学校だけのものではなく、普段の私生活でも少なからず行われていることだ。惰性で生きていて成長などありえない。

エロムラの場合、人一倍自己の性に対する優先度が高いために行動が場当たり的になるのだろう。

それでも極端なDQNでないことは救いと見るべきか。

「なぁ、エロムラ……。ホントにもう少し真面目に生きようぜ」

「ほっといてくれぇ!!」

「あっ、そろそろ僕は行こうかな。それじゃ二人とも、分解作業は任せたよ」

「一人で幸せになる気かぁ！　どちらでもいいから紹介してくれよぉ～、ゼロスさ～～～～ん!!」

切実なエロムラの叫びを背に受けつつ、おっさんは教会の裏口に向かった。

「ほれ、給料も貰《もら》えるんだから、さっさと作業を始めるぞ」

「世の中……不公平だ」

人生なんてそんなものである。

◇　◇　◇　◇　◇　◇

ソリステア公爵家別邸の一室で、珍しく三兄妹が揃《そろ》っていた。

いや、正確には少し違う。

クロイサスはゼロスの指導を受けたくて前日の夕暮れ時にこの別邸を訪れていたのだが、翌朝から【錬成台】で魔導錬成を行うツヴェイトとセレスティーナに興味を持ち、やがて見ているのに飽きて自分も参加しだしたのだ。

興味を持ったら当初の目的すらすっかり忘れる。それが知識欲に貪欲で忠実なクロイサスという青年である。

「……ふむ、魔導錬成は普通の金属よりもミスリルの方が扱いやすいですね。これは魔力の伝導率に差があるからでしょうか」

「ですが、二つの金属を合成させると難易度が上がりますよ」

「異なる金属の融合は、特性同士で反発が起きるからということでしょうか？　興味深い」

「どうでもいいが、俺が使う錬成台を奪うなよ」

錬成台の上ではそれぞれ種類の異なる金属が、奇怪なダンスを踊っていた。

まるでスライムを思わせるほど柔軟な動きをしているが、これでも硬度はしっかりと残されており、魔導錬成における物理法則を無視した効果にはただ首を傾《かし》げるばかりだ。

魔力というエネルギーは実に興味深い性質をいくつも持っている。

「もうすぐ物置から別の錬成台が来ますから、兄上はそれまでくつろいでいてください。それにしても魔導錬成とは実に面白……まずいですね、もう魔力が……」

「お前はもう少し鍛えろ。俺やセレスティーナよりも保有魔力が低いんじゃねぇのか？」

「研究を疎《おろそ》かにできませんよ。魔力を手っ取り早く上げる方法でもあればいいんですがね」

「なら強化魔法を常にかけていればよいのでは？　最初はマナ・ポーションをいくつも用意する必要がありますけど、これならクロイサス兄様でも訓練はできるはずです」

「悩ましいところですね」

クロイサスは魔法の研究に関して、ジャンル問わず無差別に手を出している。

その大半で魔力を使用するのだが、普段は同じ研究員が傍《かたわ》らに大勢いるので交代で調査や実験を行うため、自分が魔力枯渇状態になることは滅多にない。

逆に言うとそれでは鍛錬にならないので、保有魔力を増やすことができないことを意味している。

他の者がいるときならよいが、一人で研究するときに保有魔力の低さがネックとなり、研究作業が思うように進まないことがよくあった。

「他に魔力を増やす方法はないものか……」

「お前……無茶なことを言ってるぞ。武術の【練気法】でも習うか？」

「伝承にある【精霊樹の種】や【世界樹の実】にそのような効果があるらしいですが、実物を見たことはありませんしね。先生がそのあたりを知っていそうな気がしますけど……」

「発見されても本物か判別が難しいでしょう。ゼロス殿は持っていませんかね？」

「あるいはアドが持っていそうだよな。師匠と冒険したこともあるらしいからな」

「アド殿ですか……ふむ」

魔力を使う機会が多いだけに、保有魔力量が多いに越したことはない。

しかしながら、クロイサスは訓練を行う気はなく、そんなことに時間を費やすなら研究や実験に集中したいタイプだ。

だが、保有魔力が少ないのは切実な悩みであった。

「う〜ん……アド殿に直接聞いてみるべきですか」

「そこは師匠じゃないんだな」

「ゼロス殿に相談すると、とんでもないところで過酷な訓練を受けることになりそうな気がします。

私はそんな馬鹿らしい無駄な肉体労働はしたくありませんよ」

「「それは俺（私）達が馬鹿だということか（ですか）？」」

クロイサスの生活において研究の優先度は圧倒的に高く、食事や睡眠といった生きるために必要なことすら差し置いて、とにかく研究を優先する。

たとえ自分の体調に影響が出ようともだ。

なので、関心のない自己鍛錬に時間を割くことはクロイサスとしては考えられない。

もちろん、他人が自己鍛錬を行うことに対して一切偏見はないのだが、彼のクールな見た目と言い方が、ツヴェイトとセレスティーナには嫌味に聞こえてしまったようだ。

「ハァ……こいつは昔からこうだったよな」

「悪気はないと分かっていても、ナチュラルに人を不快にさせるのは才能なのかもしれません。私達でなければ小馬鹿にしているようにしか聞こえませんよ。クロイサス兄様は気をつけてください」

「はて？　何か不快になるようなことを言いましたかね」

無自覚であるからこそ、それを伝えようとする側は苦労する。

周りがどれだけ指摘したところで本人に自覚がないのだから、すべてが徒労に終わってしまうのだ。クロイサスの友人達もさぞ苦労していることだろう。

「しかし困りました……。残りの魔力が少なくて、ミスリルの形状が不安定のまま固まっています」

「クロイサス兄様はどのような形状にしようと思っていたんですか？」

「ゼロス殿からいただいた指輪のようなものにしようと思っていたのですが、ここまで操作が難しいとは思いませんでした」

「「指輪？」」

錬成台の上を見るツヴェイトとセレスティーナ。

そこにはデフォルメしたサボテンのようなブサ可愛《かわい》いキャラの人形と、瘴気濃度《しょうき》があまりにも高いために不気味に変質した樹木のようなミスリル細工が、まるでジオラマのように置かれていた。

前者がクロイサスの作で、後者がセレスティーナの作だ。

並んでいる錬成台を見ると、まるでサボテン人形が怪しい森へ今まさに挑もうとする、コミカルホラーのような世界観が作り出されていた。

「「…………」」

「お前ら、ミニチュア細工を作っていたわけじゃないんだよな？　狙ってやったわけじゃないんだよな？」

「わ、私は……ブレスレットを作る……つもり、だったんですけど……」

「セレスティーナが不器用なのは知っていたが、クロイサス……お前もか」

「私は途中で魔力が尽きかけただけですよ。もう少し保有魔力が多ければ上手《うま》くいったはずです。ええ、絶対に成功していましたとも」

誰に対しての強がりなのか。

クロイサスはクールに誤魔化そうと必死だが、残念さは隠しようがない。

セレスティーナも穴があったら入りたい心境だった。

「マナ・ポーションをやるから、飲んでもう一度やってみろよ」

「こういうのは何度も挑戦しなくては成功しませんからね。いいでしょう、今度は見事に成功させてみせましょう」

「失敗こそ成功の母と言います。経験者である私が、クロイサス兄様に後れを取るわけにはいきません。今度こそ成功させてみせます！」

「セレスティーナ……なぜ私に対抗心を向けるのですか？」

そして再び始まる魔導錬成。

錬成台の上ではサボテンが騎士槍《やり》を持ち、不気味な影の魔王に戦いを挑む光景が作り出されていた。

ミスリルサボテンが槍を突き出すたびに、ミスリルの魔王が避《よ》けては攻撃を繰り出す。

手に汗握る一大スペクタクルだ。

「本当に狙ってやっているんじゃないよな!?　なんでお前らの魔導錬成は、互いの動きに対して示し合わせたかのように動いてんだよ。つか、これをセリフ付きで子供の前でやったらウケるんじゃないか？」

「こ、こんなはずでは……」

ミスリル人形はとうとうフィナーレとばかりにダンシング。

その動きは見事にシンクロしており、一糸乱れぬダンスはまさに芸術。この場にゼロスやエロムラがいれば『Ｏｈ……マイケル』と呟《つぶや》いたことだろう。

今日のステージの主役はこの人形だ。

「……魔導錬成の可能性、見させてもらった」

「いやいや、兄上！　これは違います、魔導錬成ではありませんよ！」

「なんでこんな……。私はどこで間違えたのでしょう」

「お前ら、街角でエンターテインメントでもやれよ。絶対に成功するぞ」

「こんなこと、意図してできるわけないじゃないですか！」」

魔導錬成による人形劇とダンスは偶然の産物だ。

術者が意図して操作したわけでなく、たまたまこのような動きになっただけであり、同じ動きの再現などできるわけがない。

つまり、この場限りの奇跡的なエンターテインメントであった。

それを示すかのように、二体のミスリル人形は誇らしげにポーズを決めていたりする。

「そういえば、学院から通知が来ていたよな。お前らは読んだか？」

「通知？　そんなもの来ていましたかね？」

「あの、『上位成績者は、戻ってきてもこなくても別にいいよ』的な内容の通知ですか？　学院って、いつからこんな無責任になったのでしょう」

「フッ……今の講師達に私達の指導なんてできませんよ。それはもう、ゼロス殿レベルの魔導士でないとね。学院の講師など所詮《しょせん》は学院を卒業しただけ程度のレベルですし、派閥同士の足の引っ張り合いで研究なんてやっていませんでしたから」

「お前が魔法式の解読法を公表したときから、全ての常識が覆ったようなもんだ」

「おや、私だけのせいだとでも？　兄上達の派閥の戦術理論も立派な原因ですよ。おかげで魔導士団の膿《うみ》は綺麗《きれい》に出され、今では立派な研究組織に変わりましたからね」

イストール魔法学院内に巣食《すく》う派閥や魔導士団は、一部を除いて軒並み解体されることになった。

無論、クロイサスの研究発表やツヴェイト達上位成績者の論文が引き金となったことは確かだが、以前から派閥や魔導士団の横暴ぶりは問題視されていたので、今までの恨みを晴らす勢いで徹底的に改革が行われた。

そして残ったのがクロイサスのような研究馬鹿と、どこかの大深緑地帯で徹底的に甘さを叩《たた》き折られ、戦闘民族となった魔導士達だ。

それ以外の者達もそれぞれ生産に携わる部署や商人に雇われており、汚職などに手を出していた無駄飯食らい達は早々に国の研究機関から追い出され、威張り散らしていた連中は落ちぶれた人生を送ることとなった。

ちなみに、これまでソリステア魔法王国ではローブの色で魔導士の階級を示していたが、それも撤廃された。これにより完全実力主義へと舵《かじ》を切ったことになる。

「傭兵《ようへい》ギルドにも魔導士が増えたのは、結果的に好ましい状況なのか？」

「さぁ？　研究でも実戦でも使えない魔導士が、傭兵として活躍できるとは思えませんね。今まで甘い汁を啜《すす》ってきたのだから自業自得かと」

「あの……それって危険なのではないでしょうか？　もしも魔導士が犯罪者にでもなったら国が荒れるかもしれませんよ」

「そのあたりは親父《おやじ》が動いているんじゃねぇのか？　御爺《じい》様も忙しそうだし、裏で何かやっていると思うぜ」

ツヴェイトはサントールの街に戻って以降、祖父のクレストンとほとんど会話していない。

書類のようなものを持って忙しく働いている姿は何度も目撃しており、裏で何かの計画を行っている可能性を考えていたが、さすがに詳しいところまでは分からない。

「上の改革が末端にまで影響を及ぼして、これからどうなるんだか……」

「考えたところでどうしようもないでしょう。まぁ、私は国の研究室に行きますがね」

「お前は将来安泰だろうが、後輩達はこれから苦労することになるぞ。術式の概念が覆ったことで学院の講義内容も全て見直しだろうし」

「私達は先生のおかげで誰よりも優位ですが、皆さんは厳しいですよね……」

「結局、お前達はどうするんだ？　学院に戻るのか？」

この三兄妹は今さら学院に戻る必要がなく、領内にいてもそれなりの地位につける。

それだけの成績は残しており、新たな発見をして論文も多く提出しているからこそ上位にいるからだ。

しかし、それ以外の者達の未来は暗い。

「私は学院に戻りますよ。色々とやり残していることがありますしね」

「私も後輩の子達に、先生から教えていただいたことを少しでも伝えられたらいいと思っていますし、近いうちに学院に戻ろうかと思っています」

「ハァ～……てことは、いずれ俺達が後輩達に指導しなくちゃならんわけか。生徒がやることじゃないよなぁ～」

魔導術式の文字を解読する方法が判明し、魔法に関して今まで教えてもらっていたものが誤りだと広がって以降、多くの生徒達は解読に着手している。

といっても、せいぜい式の文字が読める手順が判明しただけで、どうやって魔法が発動するかまでは理解が追いついていない。

当然だがその最先端にいるのがこの公爵家三兄妹だった。

学院の講師が上位成績者以下なため、しばらくは改革で引き起こされたしわ寄せが生徒達にも降りかかることになる。

ツヴェイト達が講師代わりでもすれば多少の改善はするかもしれないが、それは当人の言う通り生徒のすることではない。

「派閥内でなんとかするしかないでしょう」

「クロイサスのところは研究派閥だからいいが、俺のところは戦術研究が主だ。魔法式の解読に手を出す意味がない」

「あの……ツヴェイト兄様、ウィースラー派には広範囲殲滅《せんめつ》魔法の術式がありませんでしたか？」

「セレスティーナ、よく考えてみろ。アレはどう考えてもサンジェルマン派の管轄だろ。サムトロールの奴がこだわっていたが、そもそも俺達とは畑違いの研究だぞ」

「兄上は魔法を使う側で、私達は魔法を研究し作る側ですよ。基礎的な知識は持ち合わせていたほうがいいでしょうが、その基礎がいまだに確立していない現状でむやみに手を出すのは、あまり得策と言えませんね」

イストール魔法学院はいまだに混乱している最中。

講師陣も含め今までの講義内容を根底から作り直す必要があり、その対応に追われているのが現状。しかも講師達は頻繁に入れ替わり、生徒達も独自に魔法の見直しを始めてしまったが故に混乱の渦は広がる一方だ。

この収拾のつかない状況に匙《さじ》を投げ、せっかく講師になれたというのに退職する者もいるという。

「学院の講師達も大変ですね。今まで必死に研究してきたものが基礎からひっくり返ったんですから、教本も最初から編集し直しですか。フフフ……」

「遅かれ早かれ、こうなることは避けられなかっただろうが……お前に言われたら講師達が泣くぞ」

「兄上にもですがね」

学院の混乱が目に見えるまでに顕在化した要因はクロイサスの研究発表だが、よくよく考えるとツヴェイト達も魔導士団に対して改革案を提示して上層部の破滅を招いており、更にセレスティーナは講師陣営に対して魔法に関する疑問を思いっきりぶつけ、講師陣営の知識不足を白日のもとに晒《さら》していた。

この三兄妹は少なからず学院内で現体制を破壊する行動をやらかしている。

保守的な体質の講師達にとって、まさに悪魔のような存在と思われているに違いない。

「まぁ、先のことを考えても仕方がない。それよりも魔力切れを起こしたなら代われよ」

「魔導錬成の欠点は……普通に魔法を使うよりも魔力消費率が高いことですね。これさえなければ面白い技術なのですが……」

「クロイサス兄様の保有魔力が低すぎるだけですよ」

「いや、どっちも正しいんだが……あっ」

ここでツヴェイトは一つ思い出す。

物置から別の錬成台を持ってくるよう使用人に頼んでいたことに。

つまり、現在使用人が錬成台をこちらに運んできているのだ。

「錬成台……運んでくるように頼んだ意味がなかったな」

『ちょ、リサ……力を抜かないで…重ぃ』

『ですがシャクティさん……もう、指に力が……』

『足に落としでもしたら……骨が砕ける、わよ……お願い、もう少し堪《こら》えて……』

『無理ぃ～～～っ!!』

「……遅かったか」

思い出したが既に手遅れで、扉の向こうからリサ達の声が聞こえていた。

別邸には物置部屋はいくつも存在し、どこに仕舞い込まれていたのか分からない状態から探し当ててきたのだ。

しかも見た目よりも重量があり、そんな錬成台を必死に運んできたリサ達に、『もう必要なくなったから』などと申し訳なくて言うことができない。

言えるわけがない。

『……手伝うか』

せめてもの詫《わ》びにとツヴェイトは錬成台を運ぶ手助けをすることにした。

後日談になるが、リサ達は錬成台をインベントリー内に入れれば簡単に運べたことに気付き、無駄な努力をしたとかなり落ち込んだとか……。

◇　◇　◇　◇　◇　◇　◇

メーティス聖法神国聖都【マハ・ルタート】。

マルトハンデル大神殿を失った神官達は現在、ある政務を旧大神殿で行っていた。

旧時代の兵器を使った転生者と思《おぼ》しき存在による攻撃の爪痕は、ただでさえ国内に混乱をもたらしたというのに、まるで呪いのように次から次へと別の問題も誘発させた。

今まさに、メーティス聖法神国は亡国の道を進んでいる状況だ。

災難の原因は獣人族による侵攻で国境が脅かされたこと、グレート・ギヴリオンによる辺境の街や砦《とりで》の崩壊、新種のゾンビによる交易都市の襲撃などだ。

その復興も終わらないまま更なる脅威が現在進行形で襲ってきた。

そう、国内を暴れまわる謎のドラゴンの存在である。

このドラゴン、なぜか教会や神殿を集中的に襲い、その被害は神官や神殿騎士達のみに絞られている。

状況が一向に改善しない中、大神官や勇者達を広間に集め、今後の対策を協議するために話し合いの場が設けられた。

初老の指導者であるミハロウフ法皇は沈痛な面持ちで書類を読み上げ、集《つど》った者達に視線を向ける。

「……これが、現時点で判明しているドラゴンの報告である。何か質問はあるかね」

「法皇様にお聞きします」

「タツオミ殿か、なにかね」

「このドラゴン、突然に姿が変わったと報告されているのですが、これは進化によるものですか？

それともこのドラゴンの特性でしょうか？」

「そこは我らにも判断しかねるところだ。なにしろ、記録にもこのような力を持つドラゴンの存在は記されておらぬ。分かることは全方向に光の矢を放つ攻撃ができるということだけ、それ以外の生態はいまだに謎のままである」

「それって、レーザーによる砲撃なのでは……」

現在、勇者のリーダー役となっている【川本《かわもと》　龍臣《たつおみ》】は、元の世界の知識からドラゴンがどのような攻撃をしたのかあたりをつけていた。

生物が科学兵器に匹敵する攻撃を行い、城塞《じょうさい》都市の一つを崩壊させたことに恐怖を覚えるが、勇者の立場上いずれはこの脅威に相対するのは間違いない。

だが、さすがに怪獣の相手をするのは難しい。

「おそらく勇者が全員で挑んでも、あのドラゴンには勝てそうにありませんよ。何か決め手となる武器でもない限り、倒すのは不可能だと思うんですが……」

「……昔、邪神を封印するために使われた神器があるが、壊れているために使えるかどうか分からぬ。わずかでも力が残されておればなんとかなるやもしれぬが」

「あのボロボロの聖剣か、調べてみる価値はありますね」

報告書に目を通し、この場にいる全員が絶望している中、ミハロウフ法皇と龍臣の会話が勝手に進んでいく。

その様子を【八坂《やさか》　学《まなぶ》】は冷ややかな目で眺めていた。

『川本……頼むから変な安請け合いをするなよ。絶対こちらに面倒事が回ってくるんだからさ。それと笹木《ささき》、絶対に余計なことは言うなよ……頼むから』

現在実質上No2の立場にいる【笹木《ささき》　大地《だいち》】は、つまらなそうな顔でこの会議に参加しているが、今のところ会話に入るつもりはないようだ。

彼は普段なにかするにも人任せで、事が上手く進めばその成果を自分の手柄にする。

いわばクズだ。

例えば火縄銃だが、これは勇者仲間でもある製作者の【佐々木《ささき》　学《まなぶ》】（通称サマっち）が提唱し、コツコツと研究した末になんとか形になったものだ。

だが、いつの間にか開発のリーダーに大地が居座っていた。

要領がいいというか、何もしないくせに人の上前を撥《は》ねるのが得意で、おまけに権力志向も強い。

今では勇者達の自称リーダー気取りである。

『まぁ、笹木の馬鹿のことはどうでもいいとして、気になるのはこのドラゴンのことだ。神殿を襲撃するって……』

以前、学がルナ・サークの街で相対したゾンビの発生原因は、勇者の魂が集合した悪霊だった。

メーティス聖法神国に恨みを持っていると考えた場合、ゾンビがルナ・サークの街を襲った理由にも納得がいく。この国を滅ぼしたいほど憎んでいるからだ。

教会や神殿には、先輩勇者達が最も憎むべき存在である神官や司祭達が大勢いる。

ドラゴンが優先して襲撃するのも、憎悪を向けるべき相手がそこにいると知っているからではと学は推測した。

『死んだ勇者達がドラゴンの身体を乗っ取って襲撃した……か、これは俺の考えすぎかな？』

確かにこれに関しては学の考えすぎだったが、残念なことにこの推測を否定できる要素は少なく、むしろ肯定できる要素しかないからこそ、結果的に彼の推測を真実に近づけたともいえる。

「……から、聖剣を」

「しかし、アレは我が国の聖遺物であるぞ？　我が国の聖遺物をおいそれと……」

「だからこそ試してみるべきです……。わずかだが力も残っているって話でしたよね？　一度試して有用性が証明できれば……」

「しかし、聖剣を失うのは……。いや……確かに国難ではあるが……」

龍臣とミハロウフ法皇との会話は続いており、他の司祭達や勇者達も会話に口を挟めずにいる。

学が少しの思考に耽《ひた》っている間にも話は進んでいたが、何やら揉《も》めている以外に何の話をしているのか分からない。まったく聞いていなかった。

『……ん？　聖剣？』

邪神を封じたときに用いられたという聖剣は、辛うじて原形をとどめているガラクタであったと学の記憶にもある。破損状態が酷い代物であったはずだ。

なぜここで骨董品《こっとうひん》としても売れない屑鉄《くずてつ》の剣が話に出てくるのか分からなかった。

「国の命運を思えばやむを得ぬか……。して、誰が試すのかね」

「あぁ～、なら八坂にでも任せちゃえばいいんじゃない？　僕は国境の獣人族に睨《にら》みを利かせなきゃならないから、暇な奴が検証するしかないでしょ」

「「はぁあ!?」」

突然横から自分の名を挙げられたことで、お偉いさんのいる場で学と龍臣は敬語を忘れ、思わず声をあげてしまった。

「ちょい待て、笹木！　お前、俺に何をさせる気だよ!?」

「なに？　話を聞いていなかったの？　聖剣に込められた力でドラゴンを退治するんだよ。言っとくが拒否権はないからね〜」

「ふざけんなぁ、あんなガラクタが戦闘に耐えられるわけないだろ！　普通に考えてもドラゴンの一撃でポッキリ逝くわぁ!!」

「邪神との戦争でも原形が残ってたんでしょ？　ならドラゴン程度なら大丈夫さ」

「なんの根拠にもならないだろ。どうしてもやるならお前が戦え！（というか、笹木……なんか態度がデカくなってないか？　前は呼び捨てじゃなく君付けで呼んでたような……）」

「しょうがないだろ、もう姫島《ひめじま》や岩田《いわた》がいないんだ。田辺《たなべ》でもいれば任せたけど、アイツはソリステア魔法王国に行ったきり戻ってこない。それ以外の奴らは戦闘に向かないんだ。決まったことだから諦めなよ」

「勝手に決めんなぁ、俺一人でドラゴンを相手にできるわけないだろ！」

大地は面倒事を全部他人に任せる。

おそらくドラゴンの相手を学に押しつけ、上手く倒せればその功績を自分のものにするつもりなのだろう。失敗しても学が死ぬだけなので腹は痛まない。

そして困ったことに大地の言う通り、戦闘職の勇者は現時点で五人しか残っていないことも確かだった。このままでは本格的にドラゴンと真っ向勝負をさせられかねない。

大地の変わりようも気になるが、今は面倒事をいかに避けるかに学は全力を尽くす。

『くっそ……どうする。このドラゴンは何か怪しいところがあるし、俺の知っている情報を開示すればガチで戦うことは防げそうだが……』

学はこの場を乗り切れる情報を持っている。

しかし、それは諸刃《もろは》の剣《つるぎ》ともいえる危険な情報であり、この場で公表するにはあまりにもリスクが高すぎた。この場は凌《しの》げても暗殺されるのだけは願い下げだ。

そんなときに龍臣から助け船が入った。

「笹木、お前の案にはいくつかの欠点がある」

「欠点？　なんかあったっけか？」

「まず一つは、ドラゴンがどこを襲うか分からないというところだ。やみくもに広い国土を探し回るわけにもいかないだろ」

「まぁ、そうだね……」

「その二、僕達勇者はともかく、一般騎士でドラゴンの相手は務まらないだろう。報告書の情報でもそうだが、奴の姿を見た限りだとあの巨体と力の前に対抗できる武器がない。どうする気だ？」

「そこはなんとか工夫してやってよ。考えるのは得意じゃないんだ」

案の定、大地は無責任に返してきた。

どこまでも他人任せで自身が策を練るという考えを持たないのだ。

「その三、聖剣にどの程度の力が残されているのか知らないが、試してもいないうちに切り札にするのは危険だ。いざ戦おうとして何の力もありませんでしたじゃ済まされない」

「伝説の武器なんだから信用したらどうなんだい？」

大地はどこまでも他人事《ひとごと》だ。

そんな彼の姿勢に学もさすがに腹が立つ。

「そう思うならお前がやれよ、笹木！　能力的には俺よりもお前の方が強いんだからさ。それに、生憎《あいにく》と俺は勝てない勝負はしない主義なんだ」

「うぐ……」

学が食い下がってくるとは思わなかったのか、大地は言葉を詰まらせた。

そこに間髪いれず学が追撃する。

「第一、ドラゴンは神殿とかの施設を襲っているんだろ？　俺が探しているうちにここに襲撃してきたらどうすんだよ？」

「そこは八坂が考えなよ。ドラゴンの討伐を任せたんだし」

「俺の意志を無視して勝手すぎるだろ！　俺は了承した覚えはない」

大地はこれ以上の話はないとばかりにさっさと席を立とうとする。

学は率先して戦闘に挑むタイプではなく、むしろ保身のために距離を置いて危険になれば逃げる性格だ。何よりこんな作戦案もない無謀な任務を引き受けるつもりもない。

だからこそ都合が悪いと逃げだす大地を牽制《けんせい》することにする。

「俺はしばらく遠征にも出ないぞ」

「ちょっと、八坂。話を聞いていた？　君にはドラゴン退治を命じたんだけど？」

「なら有効な作戦くらい考えろよ。それがないのなら俺の好きにさせてもらう。どうせ、近うちにここも襲撃を受けるだろうからな」

「……なんでそう思うんだよ。八坂はこのドラゴンのことを何か知ってるの？」

「報告書を読んだ限りでは、ドラゴンは神殿や教会、時折砦なんかも襲撃している。自分の動きを特定されないように動いているようにも思えるな。なら最終目的はここだろうさ」

「空飛ぶトカゲにそんな知恵があるとは思えないけどね」

大地の楽観的な返答に学は呆《あき》れたように溜息《ためいき》を吐《つ》いた。

分かっていたことだが、彼もまた重度の自己中だ。

「あのなぁ～……そもそも神殿を率先して襲撃してるんだぞ。どう考えても人間並みに考える知性を持っていると見るべきだ。笹木さぁ～、報告書にしっかり目を通してる？」

「も、もちろん。僕は勇者のリーダーだよ？　そんな無責任な真似はしないさ」

「は？　お前がリーダーだって？　まあそんなことはどうでもいいが、その勇者も俺を含めて数人しかいないからな？　その中で戦えるのは俺と川本、そんでお前だけだ。田辺や一条《いちじょう》でもいればよかったが、アイツらは邪神探索の任について他国ときている。貴重な戦力の分散はまずいと思うんだけど、その辺のことはどう思う？」

「うっ……」

他人の功績を奪うのは得意でも、突然の理詰めには弱い大地。

この【笹木　大地】という男を一言で言い表すのであれば、狡《こす》い小悪党である。

勇者としての能力は高いくせに小心者で、格上には媚《こ》び諂《へつら》い同格やそれ以下には上から目線で接する。面倒な仕事を押しつけ、功績だけを横から奪い取る所謂《いわゆる》パワハラ駄目上司タイプだ。

現に以前までは学達を『君』・『さん』と敬称を付けて呼んでいたが、岩田や姫島といった格上が揃っていなくなったことにより、必然的に地位や立場が向上したことで思い上がり自惚《うぬぼ》れ、彼は態度を一変させた。いや、本性が露《あら》わになったというべきか。

龍臣がそばにいれば状況は違っただろうが、彼が辺境を回って留守にしていた間に大地は自称リーダー気取りで（全部人任せな）行動をし、今では龍臣の前でも態度を変えないほど増長している。要は悪い方向に自信をつけてしまったのである。

そんな問題児と化した大地のことが腹立たしい学へ、龍臣は援護の手を入れた。

「八坂の意見ももっともだな。むやみに部隊を動かしたところで徒労に終わる可能性の方が高い。それに騎士達も休養を取ってもらわないと、疲労困憊《ひろうこんぱい》で動けなくなる」

「そ、そうか……それなら仕方がないかな」

「今のうちにドラゴンを相手にするための装備も整えておかないと、ここを襲われたときに何もできなかったら全滅だ。笹木……武器の生産と管理はお前の部署が専門だろ。せめて大砲くらいは用意しておくべきだと思う」

「大砲って……八坂、無茶を言わないでよ。間に合うかどうかは分からないけど、一応キモオタのヤツには言っておくけどさ」

「あまりサマっちに無理させんなよ。数少ない生産職なんだから」

「分かっているよ！」

都合が悪くなり大地は少し不機嫌そうな顔をしながらこの場を去っていった。

自分の思い通りに話が進まなくて癇癪《かんしゃく》でも起こしたのだろう。

うんざりした顔で溜息を吐くと、学は自分の部屋に戻ろうと席を立つ。

「笹木にも困ったものだね。いつの間にあんな性格になったんだか」

「同情するなら手を貸してくれよ、川本ぉ～……。あの馬鹿、戦いには出ないくせに姑息《こそく》な根回しは得意だから、俺に面倒事が回ってくんだよ～。しかもかなり増長してるし……」

「そこは僕も同じなんだけどな……」

苦笑いを浮かべる龍臣に、学も愛想笑いで返す。

「そんなわけで、聖剣の件はそちらで審議をお願いします。法皇様でも一存では決められないでしょうし」

「う、うむ……そこはなんとかしよう」

勇者と【滅魔龍ジャバウォック】との邂逅《かいこう》の時が、少しずつだが確実に近づいてきていた。

第十話　おっさん、デート（？）する

太陽が昇り、朝の静かで清々《すがすが》しい空気が人々の営みによる熱気で騒がしくなり始める頃。

往生際の悪いジャーネを引き連れて、サントールの街へと繰り出したゼロスとルーセリス。

だがここで、おっさんは大事なことに気付いた。

『……マズイ。街に出たはいいが、いったいどこへ行けばいいんだ？』

そもそもゼロスはこの世界のデートスポットなど知らなかった。

地球であれば映画やアミューズメント施設などの娯楽に溢《あふ》れ、気軽に出かけてもそれほど退屈せずに遊べたが、異世界の中世レベルの文明圏ではどうやって楽しめばいいか知識がない。

ついでに年頃の乙女達が喜びそうな場所なども知らない。

なぜなら彼は、今まで自分の興味のあるものだけを優先する人生を送ってきたからである。

『こ、これではエスコートしようがない。参ったねぇ……』

おっさん、さっそくピンチである。

「どこへ行きましょうか、ゼロスさん」

「そうですねぇ……劇場で演劇でも見るというのもありますが、どんな演目を公演しているのか知りませんし、とりあえず行ってみますかい？」

「劇場……ですか」

ルーセリスはなぜか乗り気ではなかった。

となると、市場などでのショッピングが思いつくが、これだとデートではなく、いつもの買い出しになってしまうような気がする。

どうしたものかとジャーネを見ると、そこにはカジュアルな格好をしたイケメン女子がいた。

「……な、なんだよ」

「いや、よく似合っているなと思いましてね。カジュアルなパンツにスポーティーなタンクトップ、そして薄手のジャケットですか……」

「ジャケット以外はイリス達に無理やり押しつけられたんだよ。『ジャーネさん、いつもインナーばかり着ていて女子力が低ぅ〜い。そんなんじゃ女の子失格だよ！』とか言われて……」

つまり、イリスが言わなければ普段は傭兵達《ようへい》が着るようなインナーで一日を過ごしていたことになる。おっさんとしてはレナやイリスに今すぐグッジョブと言いたいところだ。

しかし、その日暮らしの傭兵に高い衣服を購入できるわけもなく、おそらくは古着であるとおっさんは予想した。

「傭兵の稼ぎで買えるような品を、よく見つけられましたねぇ。高かったでしょ」

「なんでも商家の一つが潰《つぶ》れて、古着とは言えない新品同然の衣服が大量に売りに出されたらしい。安かったし、レナ達に勧められて思わず買っちまった……」

「それは運がよかったですねぇ、いい買い物だったじゃないですか。本当に似合ってますよ」

「そ、そうか……？」

照れている姿が年相応よりも幼く見え、実に可愛《かわい》らしい。

思わず内なるドSが顔を出したくなるほどに。

「ルーセリスさんはいつもの神官服ですか、少し残念な気が……」

「結婚するまで私は神官です。見習いから上に行くつもりはありませんけどね」

「それ、大丈夫なのか？　まぁ、メルラーサ司祭長様なら報告書に細工して、見習いの立場を維持してくれると思うが……」

「普通なら駄目ですけど、ここはメーティス聖法神国ではありませんし、ある程度の自由は利くそうですよ？　むしろ皆あの国には戻りたくないようですから」

メーティス聖法神国は結婚を含め、なにからなにまで上からの許可と命令重視なので、自由を謳《おう》歌《か》できのびのびと暮らせるソリステア魔法王国で結婚する神官も少なくはない。

異端審問官のような懲罰隊が怖いところではあるが、それとてこの国の許可がないと簡単に入国できるわけもなく、現在は政治的圧力をかけて送り込む余裕すらない有様だ。

他国に渡った神官達は祖国に帰りたがらず我が世の春を謳歌している。

「もう、本格的にあの国は駄目なんじゃないですかねぇ」

「この国の人々にとっては対岸の火事ですし、あの国が滅んでも誰も気にしませんよ」

「お前がそれを言ったら駄目だろ、ルー……」

ルーセリスはなかなかに現実主義者だった。

栄枯盛衰は世の常とはいえ、自分が所属する宗教団体の宗主国が滅びかけていても動じることなく、むしろ縁が切れるので喜んでいるようにすら思える。

これも育ての親の影響なのかと、どこぞの司祭長の関与を疑わざるをえないおっさんだった。

「さて、これからどこへ行きますかね」

「そうですね……なら、市場などへ行ってみるのはどうでしょう」

「ルー……それ、普通に買い物だよな？　デートじゃないだろ」

「ならジャーネが決めてください。私はこういうの初めてなので、どこへ行けばよいのか分からないんですから」

「アタシに聞くな！」

この三人、恋愛経験が未熟すぎて、デートで何をすればよいのか全く分からなかった。

何とも間抜けな話である。

「ふむ……では、お二人が懐かしいと思う場所に行ってみる、というのはどうでしょう」

「懐かしい場所……ですか？」

「ええ、僕もこの街を色々歩き回っていますが、行く場所なんて大体決まっていますんで。どうせなら知らない場所を巡ってみたいんですよ」

「そう言われてもなぁ～、アタシ達の知っている場所なんて……」

「あっ、ならよい場所がありますよ。ついてきてください」

そう言いながら案内すべく先に歩き出すルーセリス。

ゼロスとジャーネも後に続く。

狭い路地裏に入り、何度か曲がりくねった道を進んだ先には、小さな店が一軒だけ存在していた。

店の客のほとんどが子供で、それぞれが買った菓子を仲間内で交換しながら楽しそうに味わっていた。

『子供……駄菓子店みたいなものかな？』

店の商品はお菓子や安物の玩具《おもちゃ》で、雰囲気的には日本の駄菓子店が最もしっくりくる。

唯一異なるのは、売り物のお菓子のほとんどが自家製のようで、店の奥から糖質特有の甘い香りが漂っていること。ちなみに店番はヨボヨボの小柄な老婆《ろうば》が行っている。

「あ～、懐かしいな。アタシ達もよくここでお菓子を買ったなぁ～。まだ店があったんだ」

「お値段も随分と安いねぇ。子供の小遣いで買えるほどリーズナブルだ」

不思議と郷愁を誘う趣のある店だった。

童心に返ったかのような感覚で店の中を見渡すと、これまた懐かしいものを見つけ、内心で『この世界にもあったんだ』と心の中で呟《つぶや》く。

それは、一見すると小さな封筒のようなものを束ねたものに見えるが、中にアイドルなどのブロマイドが封入されており、それをお金を払い上から順に引き抜いていくという、くじのようなものだ。

ゼロスも幼い頃、近所の駄菓子店の棚に複数吊《つ》るされているのを見たことがあった。

『ただ、中身がブロマイドとは思えないんだよなぁ〜。表面は日焼けして色あせているからどんなものなのか分からん』

そんなことを思っていると、横から子供が数枚小さな袋を引き抜いた。

俄然《がぜん》中身が気になる。

「なんだ……【泥酔道端乾杯】かよ。これで三枚目だぁ〜」

「おれのは……【結婚式三次会乾杯】だ。攻撃力は２００」

「私のは【裁判勝訴乾杯】。えっと……攻撃力は１５００」

『……はい？』

封入されたものはどうやらカードゲームのカードのようだが、それよりも内容がおかしい。なぜか最後に『乾杯』とつく。

思わず背後から子供達の手にあるカードを覗《のぞ》き見すると、ゴミ山に埋もれたリーマン風の男が、酒瓶を片手に乾杯している絵が見えた。

「あっ、【略奪婚返り討ちざまぁ乾杯】……これ、レアカードだ。攻撃力が２５００」

「おぉ、すげぇ〜」

「初めて見た」

『……なに、これ』

意味不明なカードに困惑するおっさん。

再び棚に吊るされているカードが封入された束を凝視すると、色あせたパッケージ表面にうっすらとだが『乾杯コレクション』と書かれていた。

しかも販売元がまたもメーティス聖法出版。

どうやらカードゲーム事業にも手を出していたようだ。

『またもパクリ……いや、バッタもんじゃねぇか！　それに攻撃力って、防御力はないの？　それ以前にどうやって遊ぶんだよ‼』

「特殊効果は簒奪《さんだつ》効果のある令嬢系カードにマイナス５００の攻撃力低下と、イケメン王子系カードをデッキに戻すみたい。更にライフを毎ターン１００減少するって」

「「「おぉ～、つよい」」」

『ライフ制⁉　意外に複雑なゲームなのか？』

ゼロスの思い浮かべた某カードゲームは、特殊効果やライフポイントを削るカードが煩雑化し、組み合わせで1ターンキルや無限ループによるデッキ破壊などを可能とする猛者がいたほどやりこみ要素が高く、実に奥深い商品であったが客層を選ぶものでもあった。

正直、駄菓子店に出入りするような年頃の子供には難しい。

この乾杯コレクションも似たようなゲームである可能性が高い。

『これ、本当に子供向けなのか？　もう少し単純にしたほうがウケはいいのでは……』

某宗教国家が何を考えているのか、本気で分からなくなってきた。

勇者のもたらした知識がこうした状況を招いているのだろうが、勢い任せで金儲《かねもう》けに走ったか、シェアの独占を狙った感が拭《ぬぐ》えない。

「あれぇ？　これ、『乾コレ』じゃない」

「本当だ……【大日本皇国万歳】だって」

「別のヤツじゃん」

『まさかの『万歳コレクション』!?　それに、大日本皇国って……』

まさかの第二弾だった。

異世界だからそれでＯＫ的なノリでやりたい放題である。

しかも、こんなふざけたカードゲームが受け入れられてしまうほど慢性的な娯楽不足なのか、あるいは純朴ゆえの一時的な気の迷いなのか判断がつかない。

しかし、これだけは言える。

『商品名をよく考えてから売れよ!!』と――。

「……そろそろ、あの国には消えてもらうべきなのではないだろうか？」

「何がですか？」

「うおっ!?」

いつの間にか背後にルーセリスがいた。

彼女は菓子の入った紙の小袋を手に、きょとんとした顔でこちらを見ている。

「驚いた……いつの間に背後に？」

「たった今ですけど、それよりも何か凄《すご》く物騒なことを呟いていましたよ？」

「物騒ですかねぇ？　あの倫理感すら大崩壊した書籍を大量に売りさばいている国ですよ。もう滅んでもいいんじゃないですかね」

「否定はしませんが、このような場所で言うことではないと思います」

『否定しないんだ……』と心で呟くおっさん。同感ではあったが……。

それよりも気になるのが、【大日本皇国】という国名だ。

このカードゲームに入れられた国名は、明らかにゼロスの知るものとは異なる。

もちろん、販売元の意向によって帝国から皇国に変更された可能性もあるが、この世界の人間がたとえ娯楽が少ないとはいえ、そこまで検閲するだろうかという疑問が出てくる。

そもそも検閲するほど倫理観がまともであれば、エグイ内容のグダグダ漫画の販売を許すわけがない。

『僕と異なる世界線の地球から召喚された勇者……か』

自分の意思とは無関係に召喚され、死して魂だけの存在になっても解放されることなく、この世界の摂理を侵食する悲しき存在。

そんな彼らが遺した文化もまた、世界を侵食しているようだ。

まあ、歪《ゆが》められた文化が流布されることも深刻な問題ではあるが、摂理の侵食の方はこの世界の崩壊に繋《つな》がる恐れがあり、最悪の場合、周辺世界すら巻き込んでしまう危険性もある。

『アルフィアさんを復活させたけど、はたして次元連鎖崩壊を止められるのか？　残り二匹を仕留めないと完全体には至らないという話だし……』

復活の邪神ちゃんは、残り二つの管理権限コードを手に入れないと完全体にはならず、力だけは無限大の役立たずのままだ。

宇宙規模の事象を管理できるほどの演算力は、現在において封印されたまま全くの無駄と言ってよいほど使われていない。

いや、正確には別のことをするために、超高度な演算力をフル活用して、あるプログラムを構築しているらしい。

『そういえば、最近姿を見かけないなぁ～。あんな馬鹿げた存在が好き勝手に出歩くこと自体物騒なのだが……』

すっかり忘れていたが、最近アルフィア・メーガスの姿を見かけなかった。

怪我や病気とは無縁の超高次元生命体なだけに、別に心配などしてはいない。むしろ世界の方が心配だ。

彼女のうっかりで今日この瞬間にも世界が滅んでもおかしくない。

「あっ、やばい……ウチの邪神ちゃん、野放しだ」

今さらだが、ヤバ～イ存在が野に放たれたままであったことに気付く。

放置していた結果、どこからか四神の一匹を拾ってきており、現在は二階の物置に封印中（ウィンディアもいることに気付いていない）。

また変なものを拾ってこないか、そのあたりのことも心配だ。

「アルフィアさんがどうしたんですか？」

「……いや、しばらく姿を見ていないので、今頃はどこで何をしているのか気になっただけですよ」

「街の屋台でよく見かけますね。教会にも食事をしに来ますし、それに……」

「それに？」

「今は奥でお菓子を買おうとしていますが？」

「…………えっ？」

奥の菓子工房エリアに多くの子供達が集まっているのだが、その子供達の中に一人、見覚えのあるゴスロリ少女が交じっていた。

なぜかそばにいるジャーネと揉《も》めているような様子だった。

「……い、いつの間に。店に入ったときにはいませんでしたよねぇ？」

「私も今気付いたんですよ」

「ジャーネさんと揉めてるようだねぇ」

「揉めてますね……」

調理場前でスタンバっている子供達とゴスロリ神。

なぜかジャーネもその中に交ざっているのだが、そのジャーネとゴスロリ神が口論とはいかないまでも、揉め事になっているようだ。

「なぜ駄目なのじゃ！」

「おま、ここに並んでいる子達のことを考えろ。皆楽しみに待っているんだぞ」

「ふん、金は払うのだから別にかまわぬではないか。我は客であるぞ、それに店員でないお主になぜそこまで言われねばならぬ。店にとって客は神であろう」

「お前ができたての菓子を買い占めようとしているからだろ！」

『『…………』』

邪神ちゃんはできたての菓子を買い占めるつもりだった。

子供が少ない小遣いで菓子や玩具を買いに来るような店での大人買いは、大人げなさを通り越して実に意地汚い。

そんな行いを高位の存在がやっているのだから威厳などないにも等しかった。

「なぁ、おっさん……一応はアンタが保護者だろ。少しは一般常識ってやつを教えるべきじゃないのか？」

「わぉ、こっちに矛先が向けられちまったぜ。あいにくとアルフィアさんに一般常識なんて通じませんよ。しかしまぁ、なぜにこうも食い意地が張るようになってしまったんだか……」

「失礼な、我とて一般常識など既に熟知しておるわ。従う気がないだけじゃ、それが個性というものであろう」

「そんなのは個性じゃない！　ただのわがままだ。おっさんが見逃してもアタシは見逃さん」

「わがままも個性の一つじゃ……って、なんじゃ？　その、凄く残念な奴を見るような視線は。失礼じゃろ」

周囲の者達から見て、アルフィアは残念な奴以外の何者でもなかった。

もっとも彼女は人間など塵芥《ちりあくた》程度にしか見ていないので、虫けらに気を使うような真似などするはずもなく、それ故にわがままに振る舞ってるだけなのだ。

しかも悪意が全くない。

「しばらく見ないと思ったら、こんな場所に入り浸っていたんですかい？　何も全部購入せんでもいいでしょうに……」

「別に毎日来ているわけでもないのだから、これくらい許してくれてもよかろう。一仕事終えて帰ってきたというのに、なんと心の狭い奴らじゃ」

「せめて子供には寛容であるべきだと思いますがねぇ」

「高位存在の我《われ》が、童《わっぱ》などに気を使うはずもなかろう？」

「高位だというのであれば、その位に見合うだけの度量というものを示すべきでしょ。傍目《はため》には普通に嫌なお子様にしか見えませんよ」

「ぬぅ……」

どこから見てもただの大人げない小娘にしか見えない。

こんなのが世界を管理する存在だと思うと頭が痛くなる。

「ときに、何を大人買いしようとしたんです？」

「ポワワールとかいう揚げ菓子じゃ。お主らで言うところの……そうじゃのぅ、サーターアンダギーが似ていると思うが」

「あ～……ドーナツみたいなものか」

「一個が親指の先端くらいの一口サイズで、昔から子供のおやつとして売られているんですよ。私やジャーネも小さい頃によく食べましたね」

「司祭長が土産によく買ってきたよな……。その時は必ずベロベロに酔っていたが」

子供でも買える値段だということは、それなりの数を買っても大して金額はかからない。

司祭長としては土産として買うには手頃なものだったのだろう。

「おまたせ、揚げたてだよ」

「キター！　我に全部売るのじゃ!!」

「やめなさいって……。子供が優先」

「離すのじゃ、我も客であるぞ！　この罰当《ばち》たりがぁ！」

邪神ちゃんは高位次元生命体なのに大人げなかった。

ジャーネに羽交い絞めにされた邪神様を尻目に、子供達は出来立ての揚げ菓子に殺到する。見ていて微笑《ほほえ》ましい光景だ。

『駄菓子店にも似たような菓子があったなぁ～。まぁ、アレはカステラだったけど……』

懐かしさを感じながらも、おっさんは子供達の様子をほんわかと眺めていた。

「ジャーネ、久しぶりに私達も買ってみましょうか」

「なぬぅ!?」

「そうだな、見てたらアタシも食べたくなってきた」

「なんとぉ!?」

昔を思い出したのか、ルーセリスとジャーネもまた子供達の列へと並んだ。

それが不満なのか、邪神ちゃんはおっさんに食ってかかる。

「あ、あれはよいのか!?　あの二人も大人じゃろ！」

「あの二人はアルフィアさんと違って買い占めようとはしませんし、別にかまわないでしょ。むしろ空気も読まずに買いまくる君に問題があると思うけどねぇ。どこが神様なんだい？」

「ぐぬぬ……」

恨めしそうに、子供達が菓子を買う光景を今度はおっさんに羽交い絞めにされたまま眺めつつ、それでも未練がましくも手足をジタバタさせて足掻《あが》く邪神ちゃん。

そんな彼女に対し、おっさんは『こんなのに世界の管理を任せて大丈夫なのだろうか……』と心の中で思いつつ、そっと小さな溜息《ためいき》を吐《つ》いたのだった。

◇　◇　◇　◇　◇　◇　◇

大人買いする意地汚い神様を無理やり連れ出し、裏路地を進む四人組。

『なんか、デートじゃなくなったな』

余計なオマケと偶然遭遇したことで、もはや当初の目的から大きくずれだしていた。

「ぬぅ……これっぽっちでは腹の足しにはならぬ」

「買えただけマシだろ。そもそも子供に配慮するのが大人ってもんだ。なのに、なんでお前はそんなにも食い意地はってんだ」

「人間の幼体などに配慮する必要がどこにある。ほっといてもぽろぽろと増え、短時間で世界を食い潰しながら蔓延《まんえん》する生物じゃろうに」

『人間じゃないからなぁ～……』

そもそも思考からして人のそれではないわけで、アルフィアからしてみれば人間もミクロンサイズの微生物もさほど変わりはない。

そもそも配慮する必要性がないのだ。

人間の倫理観を説いたところで馬の耳に念仏である。

「ルーセリスさん、この路地を進むとどこに出ますか？」

「この先は中央公園沿いの市場ですね。昔はよくここを駆け回ったものです」

「そして角材片手に喧嘩三昧《けんかざんまい》だったな。まぁ、角材は凶器じゃなくただのポーズだったが……」

「……」

当時を懐かしむジャーネ。

子供同士の喧嘩だったとは分かっていても、話を聞くだけでやけに物騒に聞こえるのが不思議だ。

細かいところまでは不明だが、わんぱくな子供達による路地裏の戦争だったらしい。

「ぬほ？　向こうからいい匂いが漂ってくるのぅ～」

「この匂い、肉でも焼いているのか？　というか、食い意地が張りすぎでしょ」

「別にいいではないか。金を払う以上、我は客じゃぞ」

「そうなんですけどね、なんか妙な予感めいたものを感じてるんだけど……」

おっさんは直感で妙な感覚を感じ取っていたが、それが何なのかが分からず困惑する。

そうこうしている間に路地裏から出ると、賑《にぎ》やかな市場の光景が目の前に広がった。

既に大勢の人が集まり、高らかに声をあげては客寄せを行う露店商や、値段交渉でヒートアップしている客などで賑わっていた。

「賑わってるねぇ」

「ジャーネもその服をここで購入したんですよね？」

「安かったし、レナやイリスに勧められてな……」

「それだけ綺麗《きれい》なものだとほぼ新品同然だし、古着でも結構な値がつくと思うんだけどなぁ～。定価は知りませんが、ほぼ同等の値段で売られてもおかしくはないと思うんですけど、よく値切れましたねぇ？」

「それなんだが、レナの奴が店主の耳元で何かを言ったように思えたんだよなぁ……。深くは追及しなかったが、どうも知り合いらしい」

「知り合いだったから、友人価格で安くしてもらえたのでしょうか？」

三人は知らない。

露天商の店主は実は博打《ばくち》と女好きで、数日前にカジノで下心からレナに勝負を仕掛け、尻の毛すら残らない見事なまでの無残な敗北をしたのだ。

レナの情けで賭け金の一部と衣服を返す代わりに、服を購入するときには負け分から値引きするよう持ちかけていたのだ。しっかり契約書まで書かされている。

そんな事情を知らないゼロス達は、『人情味が溢れているんだねぇ～』と感心していたりするが、事実はそんな綺麗な話ではない。

「あら？　アルフィアさんの姿が見えませんが？」

「匂いに釣られて屋台に走っていったぞ」

『もはや高位の存在としての威厳なんか欠片《かけら》もないな……』

見ていないところで何をしているか分からない邪神ちゃんだが、幸いなことに彼女の姿はすぐに確認できた。案の定、串肉の屋台の前で……どこまでも食欲に忠実のようである。

しかし、またも店前で揉めているようであった。

「なぜ駄目なのじゃ！」

「あのなぁ～嬢ちゃん、ウチの店の味を気にいってくれるのは正直ありがてぇ。けどよ、何も全部買うこたねぇだろ。他の客が買えなくなる」

「我が金を払うのじゃぞ？　お主にも別に損があるわけではないのじゃ、なぜ本数を制限する！」

「俺の試行錯誤で辿《たど》り着いた味を、もっと他の客にも味わってほしいんだ。たった一人に独占されるのは望んだものじゃねぇんだよ。俺だけじゃねぇ、他の店も同じ考えだ」

「納得いかぬぞ。我は対価を支払いお主から商品を買うのじゃ、そこのどこに問題がある。正当な手順は充分に踏んでおる」

「だから、そういう話じゃねぇんだよ」

『『…………』』

邪神ちゃんは大人買いの常習者であった。

おっさんを含めドン引きである。

「ではどういう話じゃ！」

「あ～……一人のために肉を焼くよりも、大勢の人達に食ってもらいたいだけだ。それに、たった一人のために日が暮れるまで肉を焼き続けるのは……」

「我は客ぞ!?　お主は客を蔑《ないがし》ろにするつもりか」

店の商品に意味もなく文句をつける悪質クレーマーとは違い、邪神ちゃんの場合はしっかりと商品を評価し、その上で料金を支払い全部購入しようとするのだから質《たち》が悪い。

店側としては上客ともいえるので断りづらいのだ。

「はいはい、お店の人を困らせるのはやめようねぇ」

「ぬお!?　お主、なにをする！　離せ、我は串肉を買うのじゃ！」

「購入本数を制限されたとはいえ、買えるんだからいいじゃないですか。それに余ったお金で他の店のものも買えるんだし」

「ぬぅ……仕方がない。ならば他の店を回って――」

邪神ちゃんが他の店に視線を映すと、それぞれの露店の店主は一斉にとある看板を掲げだす。

そこには邪神ちゃんに限り売買制限をかけるという内容が書かれていた。

「…………」

「今まで何度大人買いを繰り返したんです？　食品を扱う店のほとんどからのようだけど……」

「納得いかぬ！」

いたくご立腹の邪神ちゃん。

ここでおっさんは気付く。

『あれ？　こんなに多くの店の商品を買えるほど、お金渡してたっけ？』と――。

ともかく今は邪神ちゃんに諦めてもらうよう、説得することを優先する。

下手をすると癇癪《かんしゃく》を起こしたせいで街が一つ消滅しかねないのだから……。

◇　◇　◇　◇　◇　◇

ふて腐れたアルフィアと別れ、公園にやってきたゼロス達。

ベンチに座り、目の前ののどかな光景をのんびりと眺めながら、先ほど店で購入した菓子を食べつつお年寄りのようにまったりと過ごす。

だが、人というものは突然我に返るものである。

『……あれ？　これ、デートというよりただの散歩じゃね？』

そもそもおっさんは少年時代以降、不思議と女性との縁がない。

当時も放課後に一緒に帰る途中、書店やファストフード店に立ち寄るなど、その程度の付き合いだった。

いわば帰宅途中の寄り道の延長線上に過ぎず、お世辞にもデートと呼べるものではない。

そんな経験しかないおっさんでも、ベンチに座り何も語らずただ日向《ひなた》ぼっこしているだけの状況をデートとは呼べないと感じていた。

『なんか、違うよねぇ？　それに……』

公園を見渡すと、子供連れの家族がピクニックをしている。

まぁ、この程度のことは元の世界でもよく見かけた光景なのでまだよいが、問題は……。

「ワンモア・セット！」

「「「「ワン、ツー!!　ワン、ツー!!」」」」

上半身裸のフルフェイスマスクを被《かぶ》った大男が、厳《いか》つい男達を大勢引き連れトレーニングしていることだろう。

流れ飛び散る球の汗がきらめき、ドーパミンやアドレナリンが出まくりの男達は実にいい笑みを浮かべながら、一糸乱れずヒンズースクワットの真っ最中。

「筋肉は嘘《うそ》をつかん!!　今日の傷《いた》みが明日への強さに繋がるのだぁ、野郎ども根性入れろ!!」

「「「「サー・イエッサー!!」」」」

春の爽やかな日差しが照らす公園なのに、一部真夏のように暑苦しい。

「なぁ……デートって、こんなんじゃないよな？　アタシら普通に散歩してるだけなんじゃないのか？」

「私に言われても……」

ジャーネの率直な感想はおっさんも思ったことだ。

だが、それよりも気になるのが野郎ばかりの集団である。

その中に――正確には中心にいる人物がゼロスの見知った者であったからだ。

『【ボンバー内藤】……いや、【マスクド・ルネッサンス】。アンタ、その人達はいったい何なん？　この世界でプロレスを開業……いや興行？　するつもりなん？』

プロレスラーの【ボンバー内藤】。

プレイヤー名を【マスクド・ルネッサンス】。

【ソード・アンド・ソーサリス】では【マッスルミレニアム】というクランに所属していた攻略ガチ勢組、というよりも戦うことだけを至上とする戦闘中毒者の集団であり、彼らのモットーは『俺よりも強い魔物《ヤツ》に会いに行く』という筋肉《Power》と戦闘の絶対主義を貫いていた。

そして【殲滅者《せんめつしゃ》】達の製作したイカレ装備のお得意様でもある。

「どうでもいいですが、あの暑苦しい筋肉さん達はいったい何なのでしょうか？」

「ルー……言葉遣いがきつくなってるぞ？　まぁ、暑苦しいのは同感だ。あいつらは最近になってできたクランで、確か【マッスルハッスルズ】とかいったな……」

「有名なんですか？」

「主に素行不良の傭兵を更生させていることで有名だな。西に上前を撥《は》ねる傭兵あれば、速攻で駆

け付けフライングボディープレス。束にカツアゲ傭兵あれば、行って抱き着きサバ折り固め」

『それ、【ソード・アンド・ソーサリス】でもやってたぞ。悪夢の筋肉抱擁とか言われてた。マスクさん、世界が変わってもやることがブレてない。むしろめっさ貫いてんじゃん……』

元気そうで何よりだった。

だがゼロスは率先して挨拶に行こうとは思わない。

その理由だが――、

『あの人、僕が痩せ型おっさんキャラのアバターを好んで使っていたのに、『がっはっはぁ！　そんな貧弱そうなキャラなんぞ使って情けないぞぉ。男なら力強くあるべきだ！　そう、この俺のような美しい肉体みたいにな。マッスル!!』なんて言ってたからなぁ～』

――とのことだ。

しかもアバターなのに『筋肉を鍛えろ！　ヒョロヒョロな体で敵が倒せるか』などと、無茶なことも言ってくる始末だ。

そもそもどんな痩せ型キャラであろうと、ゲームの中で鍛えたところでステータスが上がるだけで、実際に筋肉がつくわけではない。マッスルボディには絶対にならないのだ。

それなのに無理やりにでも肉体強化を強要してくる。

今会えば、間違いなく連中の仲間に引きずり込まれることが分かっているので、おっさんは我が身可愛さで近づかない。関わろうとも思わない。

「野郎ども、最後の仕上げだぁ！　アメージング・マッスルストレッチをやるぞ。筋肉をいきなり休ませるなど、もってのほかだからなぁ」

「「「「ＹＥＳ！　マッスル、マッスル、ハッスル、マッスル‼」」」」

そして始まるなんだかよく分からない奇妙な筋肉ダンス。

どこがストレッチなのか意味不明なのだが、鍛え上げた筋肉を惜しみなく晒《さら》しダンシングする彼らは、必要以上に無駄に輝いていた。

「……私達は、いったい何を見て――いえ、見せられているのでしょう？」

「さ、さぁな……」

『………………』

同郷の者の奇行に、恥ずかしさのあまり目を逸《そ》らすおっさん。

子供が指を差し、親がそれを遮《さえぎ》り子供を連れて逃げ、日中から酒を飲む（おそらくは深夜から徹夜で飲み明かしていたと思われる）いいご身分のおっさん達が、マッスルズを肴《さかな》に盛り上がっている。ギャラリーも増えだし公園内は今やカオスと化していた。

「……ポワワール、久しぶりに食べたが美味《うま》いな。苦味とエグ味と酸味と辛味とが組み合わさって、天上の味がする」

「ジャーネ、気持ちは分かりますが現実逃避しないでください」

「現実逃避できることが、どれだけ幸せなことか……。まぁ、精神的に逃げようとも現実はまったく変わらないんだけどねぇ」

「ゼロスさん……もう、ここから離れませんか？　彼らを見ていたら『筋肉最高』とか『Ｐｏｗｅｒは筋肉だぁ！』といった幻聴が聞こえてくるんですけど」

「それはいけない。んじゃ～洗脳される前に適当な店にでも入りますか。あっ、宝石店にでも行ってみますかねぇ。聞くところによれば魔導具も売っているらしいし、傭兵のジャーネさんも興味を持つかもしれない」

「そ、そうですね……。なんだかんだでジャーネは乙女趣味ですし、実のところそういったものにも興味津々ですから」

盛り上がりを見せる公園をそそくさと退散するおっさん達。

この世界、様々な意味合いで娯楽に飢えているようであった。

◇　◇　◇　◇　◇　◇

一方その頃、ゼロス宅の地下で旧時代の兵器を分解しているアドとエロムラはというと――。

『『……………』』

――無言のまま作業を続けていた。

もっとも、分解しているのはアド一人だけで、エロムラは分解されたパーツの仕分けを担当していた。

ゼロスほどではないにしてもアドの作業速度は速く、エロムラの目の前には多くの機材や金属装甲が山のように積まれ、とても一人での仕分けは間に合わない。

次第に焦り始めるエロムラ。

『……やべぇ。装甲なら分かるが、機材だとどう分別していいのか分からん』

エロムラの【鑑定】のレベルでは機材がどのようなものなのか判別できず、見た目の形状で判断するしかないのだが、同じ警備用の無人兵器でも使われているパーツが微妙に異なるのだ。

おそらくは、作られた年代や標準機や実験機といった使途の差異によるものだろうが、それすらエロムラには分からないため、仕分け作業が難航している。

『もう、かなり山積み状態だ。金が貰《もら》える以上は仕事をやり遂げたいと思うけど、これ無理じゃね？』

油圧サスペンションや魔導力機関などの部品ならまだいいが、中にはグレネード弾やミサイルなどの危険物もあり、こうした武装は暴発を恐れながら慎重に運ばねばならず、どうしても分別作業が遅れてしまう。

気を使うだけでも咽喉が渇いてくる。

『頻繁に休憩入れないと精神がもたないんだけど……』

エロムラはもう、集中力に限界が来てしまっていた。

これ以上続ければ絶対に大きなポカをやらかす自信がある。

「アドさん、俺、ちょっと休憩したいんだけど……」

「…………」

「お～い、アドさんよぉ～い」

「……」

「聞いてる？」

「……」

アドは黙々と作業を続けていた。

「……アドさん。エロゲーってさ、野外やら保健室やら、公衆トイレや満員電車とかでいろんなプレイがあるけど、現実的に考えて普通に逮捕案件だよね？」

「ブフッ!?」

「俺は普通にありえないからこそ、そういったシチュエーションのインモラル度に興奮するんだと思っていたんだ……。現実にやったらヤバいけどさ」

「知るかぁ、いきなり何の話だぁ!!」

「誰も最初はエロゲーの濃い内容を享受し、当然のように興奮するんだけど、あるときふいに悟るんだよ。『こんな状況はありえない』、『こんなことは日常に存在するはずがないんだ』って……。アドさん、これだけは覚えていてくれ。エロゲーやエロ漫画のシュチュなんて現実的に絶対ありえないんだと」

「なんで、そんな話をいきなり俺に対して吹っかける!?」

エロムラ君は更に語る。

「画面越しの彼女達がどんなに理想であっても所詮《しょせん》は二次元の中の存在で、劣情し萌《も》えている俺達の想《おも》いに応えてくれるわけじゃない。そう悟ったとき途端に空《むな》しくなってくるんだ……」

「闇が深いな……。普通はそんなもんじゃないのか？　男として、気持ちは分からんでもないが……」

「リア充のアドさんに、非モテな俺の気持ちが分かってたまるかぁ!!」

「お前に、逃げ道を完全に塞《ふさ》がれ、選択肢すらも選ばせない重度のヤンデレに愛される苦労が分かるのか？　闇堕《やみお》ち変愛型のスリル溢れる毎日で、時々ショックやサスペンス、ところにより血の雨が降るほどバイオレンスなんだぞ。ロマンスの神様も包丁を突きつけられ逃げ出すほどだ」

「言っている意味が分かんな………いや、なんかごめん」

隣の芝生は青いという言葉があるが、アドの場合は隣のリビングは血なまぐさいが該当するだろう。場合によっては本当の意味で血なまぐさくなりかねない。

主にユイの手によって……。

「んなことより、なんでエロゲー談話なんかしてきたんだよ」

「いや、なんか疲れたからさ。休憩しようかなぁ～と思って声をかけたんだけど、アドさんは全然聞こえてなかったみたいだったから……」

「あ～……単調作業で疲れたから、ちょっと遊んでた」

「遊んで？」

アドの手元を覗き込むと、某勇者シリーズ一作目のロボが動いていた。

しかも作中では絶対にやらないような、妙に香ばしいポーズを取っていたりなんかする。

どうやら魔導錬成で小型のゴーレムを作って遊んでいたようだ。

「人が黙々と分別作業をしている間に、こんなものを作っていたのかよぉ!?」

「こんなものとはなんだ！　変形合体も可能で、しかもプロポーションにもこだわった渾身《こんしん》の力作だぞ！　ここまでの再現度にするまでの苦労がお前に分かるかぁ!!」

そして始まるアドのロボット談義。

彼も程度の差はあるがおっさんと同類で、正真正銘、立派なオタクであった。

第十一話　おっさん、婚約する

薄暗い回廊に靴の足音だけが響いている。

窓は全てカーテンなどで塞《ふさ》がれ、外部から内側の様子が見られない配慮がなされていた。

そんな暗がりの中を進むのは、勇者である【笹木《ささき》　大地《だいち》】。

そして、その回廊にある部屋の扉の前で止まると、力任せに蹴り開いた。

「お～い、キモオタはいる？　話があるんだけど」

その部屋はまるで組み立て工場のような様相で、複数の人達がそれぞれ作業を行っていたが、突然の来訪者に驚き、彼らの視線が大地に集中した。

その中から一人、小太りの青年が大地に声をかける。

【佐々木《ささき》　学《まなぶ》（通称サマっち）】――開発班で武器開発を行う生産職の勇者である。

「な、なんなんだな。ここでは火薬も扱っているんだから、普通に入ってきてほしいんだな」

「んなことはどうでもいいんだよ。それよりも早く大砲を作ってよ。今すぐ大砲をさぁ」

「そんなこと言われても無理なんだな。今も試しているけど青銅の耐久度を調べてる最中だし、そもそも量産の目途すら立たない有様なんだな。それに僕ちゃん達だけじゃ間に合わないよぉ。もっと人手を集めてほしいんだな」

「時間がないんだよ。八坂《やさか》のヤツに大砲を渡さないと、僕もドラゴン退治させられそうだし、なんとかしろよ。武器の開発はキモオタが担当じゃないか」

「ドラゴン!?」

大地は今現在暴れ回っているドラゴンの話を適当にサマっちに伝えた。

彼は会議に出席はしていたが話のほとんどを聞いておらず、報告書すら軽く目を通しただけで内容も断片的にしか頭に入っていない。だから単刀直入に『ドラゴンを倒すから大砲を作れ』と言うしかなかったのだが、大砲を作る側であるサマっち達は厄介事が飛び込んできたと気を落とす。

そもそも、言葉で言うほど大砲を作るのは簡単ではない。

そして出された結論が、『無理なんだな』の一言だった。

「僕がやれって言ってんだよ、キモオタ！」

「鋳造技術が未熟なのに、こんな状況で大砲なんて無理なんだな。できるわけがないんだな」

「お前のスキル、【製錬加工】でなんとかならないの？　金属を【製錬抽出】するだけでなく、【合金化】や【加工】までできるチートスキルなんだろ？」

「加工をするにも膨大の魔力が必要だよぉ、数を揃《そろ》えるなんて無理なんだな。それに材料も足りないんだな。銅、錫《すず》、鉛……たとえ材料が集まっても、使えるものができるかと言われたら自信がないんだな。暴発したりでもすれば悲惨な状況になるんだな」

「使えなっ！　あぁ～あ、隣の弱小国じゃアサルトライフルが開発されているっていうのに……」

「へっ？」

それはサマっちにとって知りたくもない情報だった。

彼は基本的にオタクだが、本質は【八坂　学《まなぶ》】に似ている。

技術の発展こそが国を強くすると思っており、元の世界の技術を再現する研究を行っていた。まだ実用段階ではないが蒸気機関の原形も完成させている。

だからこそ、もたらされた情報が危険なものだと瞬時に理解してしまった。

「ちょ、大地君……今なんて言ったんだな？　アサルトライフル!?　隣の国ってまさか、ソリステア魔法王国!?」

「じゃないの？　八坂の奴が出した報告書に書かれてたし……」

「この国……終わったんだな。西の大国に東の馬鹿みたいに強い民族国家、北東の山岳国家に北の獣人族。南の魔法国家……敵が多すぎるんだな。特に南がヤバいんだな」

「はぁ？　なに言ってんの？　ここは国として見れば大国だよ、兵力にも余裕があるんだし」

「ウチは指揮官不足のうえに神聖魔法は攻撃向きじゃないんだな。対してソリステアは攻撃魔法が使えるし、そこへ銃なんて技術が加わったら手に負えないんだな。一方的な虐殺になるんだな。戦える勇者が数人いても、先に国が滅んだら意味がないんだな」

「火縄銃があるじゃん。数は力なんだろ？」

「こっちが一発撃ち込む間に、向こうは何千発も撃ち込んでくるんだな。しかも魔法を利用すれば火薬を使う必要もないんだな」

理解を示さない大地に、サマっちは根気強く懇切丁寧に説明をした。

それは【八坂　学】が危惧した内容と同じもので、どれだけ危機的状況なのか理解したとき、大地の表情は真っ青に染まっていた。

戦争の様式が騎士と騎士の戦いでなく、騎士VS現代兵器へと変わることを意味していたからだ。さすがの大地もスナイパーライフルで狙撃されれば避《よ》けることもできない。

勇者の存在理由が失われる。

「――というわけで、戦争になったら間違いなく負けるんだな」

「……マジかぁ～。なおさら大砲が必要じゃん」

「そしたら向こうも大砲を用意してくるんだな。それも恐ろしく短期間で……。火薬代わりに魔法で砲弾を撃ちだす可能性を踏まえると、その脅威度は一気に跳ね上がるんだな」

「ま、まだ国同士で戦争が起こると決まったわけじゃないし、今は先に問題のドラゴン討伐の方を考えるか……。大砲の試作品くらいは用意できるんだろ？」

「難しいんだな。暴発の危険もあるんだけど、それ以前にドラゴンに通用するかも分からないんだな。何より空からブレス攻撃されたらこっちに被害が出るんだな」

「それ、城壁の上に設置できんの？」

「無理なんだな。火薬の樽《たる》は近くに置いておかなくちゃ駄目だから、上空からは丸見え。危険だと分かったら真っ先に狙われると思うんだな」

大砲づくりは実験段階で、しかも暴発の危険があり周囲の被害も考慮しなくてはならない。ドラゴンに空へ逃げられては狙いも定められなくなる欠点もある。

戦において制空権を握られることは殺生与奪の権利を奪われるのと同義だ。

「至近距離からズドンしたほうが効果は大きいと思うんだな。通用するかどうかは分からないけど」

「それは八坂に任せてある。戦うのはアイツだし僕には関係ないね」

「ヤーさんも大変なんだな」

「いいから数だけは揃えろ、これは命令だからな！」

サマっちは無理難題を押しつけられた知人に同情した。

この日から現場は火縄銃の量産は中断し、大砲の試作品開発に着手することになる。

大砲がドラゴン――ジャバウォックに通用するかはぶっつけ本番となるのであった。

◇　◇　◇　◇　◇　◇

サントールの街の中央大通りに店を構える宝石店、【ジュエリー・サンシャイン】。

貴金属を扱う店としてはそこそこ老舗で、魔石なども宝石の一種と思われていることもあり魔導具などの売買も行っていることから、稼ぎのある傭兵《ようへい》達もよく訪れている。

生活するのにギリギリの稼ぎしか出せないジャーネにとって、この店の入り口は城門に匹敵するほど堅牢《けんろう》に見え、興味はあっても今まで一度も店内に入ったことがなかった。

ゼロスから見て普通の店にしか見えないのだが、彼女にとってはセレブ感が半端なく、どうしても及び腰になってしまうのだ。

関係ない話だが、ベラドンナの魔導具店もこの近くに存在しているのだが、この店とは違っていつも閑古鳥が鳴いていた。

ゼロスも久しぶりに店を見たが、ファンシーだったが店の外観が無残なほど寂れた姿に変わっており、カラスが群れで集《たか》っていたりする。

お化け屋敷と言ったほうが早いかもしれない。

『あの店はもう駄目かもしれない』

今さらなことをゼロスが呟《つぶや》くそのそばで、ルーセリスとジャーネがちょっと揉《も》めていた。

「ほ、本当に入るのか？」

「ジャーネも以前、ここに来たいと言ってたじゃないですか」

「そうなんだが、魔導具は高いからな。アクセサリーにも興味はあるけど」

「なら見てみるだけでもいいじゃないですか」

「アタシみたいな貧乏人が入るには覚悟が必要なんだよ」

「何を卑屈になっているんですか」

魔導具を口実にしているが、実際はアクセサリー類に興味があるのだろう。

ただ、それでも店前に来て逃げ腰になるのは、少々臆病すぎるのではないかとゼロスは思う。

店に入るだけなのに覚悟が必要というのはおかしい。

「魔導具なら、材料さえ揃えてくれたら僕でも作れるんですがねぇ～。なんか、こう……いい感じにヤバイものが」

『『危険物限定なの？』』

ゼロスにとっては貴金属など素材に過ぎず、高い金を払ってまで購入する気持ちが分からない。

価値観がそもそも他人とズレていた。

地球でも元からその程度の認識しか持っていなかったので、異世界に来てそのズレた価値観は知らず知らずのうちに強化され、もはや興味すら持つことはなかった。

「貴金属なんて使えるかどうかでしか評価しないから、女性が惹《ひ》かれる理由が分からないんですよねぇ。宝飾品などの完成品を見てもデザインの参考程度くらいにしか思えませんし」

「以前、ジャーネに魔法付与の剣を作っていませんでしたか？　見た目は武骨でしたが、よく見ると細部に装飾があった気がします」

「よく見てますねぇ。ですが少し残念。装飾に見えますけどアレは魔導術式を刻んだものですよ。目立たないようにしてたでしょ？」

「そうですね。光に当ててようやく模様が浮かび上がるほどでした」

「分類的にもあの剣は魔導具に入るかな。何でしたらまた作りますよ。指輪型でもネックレス型でも、ドンとこいってやつですねぇ」

『『あ〜……装飾品＝魔導具って認識なんだぁ〜』』

普通のものよりもヤバイもの。

こんな方向に突き進むおっさんを、二人は呆《あき》れた目で見ていた。

異世界に感覚が適応したというべきか、感覚や常識といったものが地球にいた頃よりも大雑把《おおざっぱ》になったというべきか、おかしな方向へ突き進んでいると本人も自覚している。

もっとも、自覚していようと改めるつもりはない。

「それより、いつまでも店の前でグダグダしていると迷惑でしょうし、さっさと入りましょうや」

「うぅ……本当に入るのか？　アタシには場違いに思えるんだが……」

「女は度胸ですよ。誰よりも興味津々なくせに、なぜ尻込みしているんですか」

「なんでお前は平然としてるんだよ、ルー……。仮にもお前は神官なんだから、こんな贅沢品《ぜいたくひん》を扱う店なんかご法度だろ」

「所詮《しょせん》は見習いですからね。結婚したら辞めますし関係ありません」

そう言いながら、ジャーネの背中を押して無理やりにでも店内に入れようとするルーセリス。大人しそうな外見とは裏腹に物怖《ものお》じしない性格である。

おっさんも気軽に店内へと足を踏み入れた。

『ほぉ〜、これはまた。店名からもっとギラギラしているのかと思っていたが……』

店の中はロマネスク様式が取り入れられ、随所に金で装飾が施されているが決して過剰なものではなく、あえて程度を抑え上品な意匠にこだわっている。

これが店なのだから信じられない。

貴族ばかりではなく、一般の人達も気軽に入りやすい雰囲気づくりに工夫が見受けられるのだが、ゼロスには充分ゴージャスに思えるのは日本人の感性だからであろうか。

「想像していたよりも落ち着きがあるな。内装はもっと派手で豪華なものかと思ってた」

「ジャーネは装飾品を扱う店にどんなイメージを持っていたんですか？」

「いや……まぁ、なんだ。どうでもいいじゃないか」

『あ〜……ジャーネさん、僕と似たようなイメージを持っていたんだなぁ〜』

宝石店に似たようなイメージを抱いていたことに、ちょっと嬉《うれ》しくなるおっさんだった。

それはさておき、店内のケースに陳列している商品を眺めてみると、どれもただのアクセサリーに過ぎず、ゼロスの興味は一気に下がっていた。

いや、そもそもおっさんが満足するようなものが、一般の店に売っているはずもないのだが……。

『……魔導具じゃないねぇ。ただ魅せるだけのアクセサリーに何の価値があるのか……。まぁ、デザインに関しては秀逸だけど』

ゼロスにとっての装飾品は、使えるか否かの価値しかない。

周囲の客——主にカップルや身なりの良い富裕層の客達が、それぞれガラスケースに陳列された商品を眺め、あるいは購入する姿を冷めた目で眺めていた。

ルーセリスもそれほど関心がないようでただ見ているだけだが、唯一ジャーネだけが目をキラッキランのスタースターにし、並べられている商品にえらくご執心。

思わず、『彼女は乙女だ』などと呟くほど微笑《ほほえ》ましい。

「安くても一万ゴルからか。アタシの稼ぎじゃ………けど、欲しい」

「可愛《かわい》いですねぇ」

「本当に乙女ですよね〜。あれがジャーネの可愛らしいところです」

子供のようなはしゃぎっぷりのジャーネを横で微笑ましく眺めつつも、ケース内の商品を鑑定していくゼロス。

その時ガラスケースからわずかに魔力を感じた。

『んお？　ここから商品は魔導具になるのか』

魔石や魔晶石を使ったアクセサリーを眺めながらも、その効果や使用回数などを調べるおっさん。

だが、当然といってはあれであるが、そのどれもがゼロスの作るものよりも性能が低い。

『ファイアーボールを五回放つだけの指輪が五十万ゴル!?　嘘《うそ》でしょ……高すぎる』

ダンジョンの低層か錬金術師の試作品くらいの効果しか持たないものが、店頭においては高値で売られている。ただの使い捨てアイテムが、だ。

これがゼロスには到底信じられない。

「やっぱ、自分の魔力を使わないで発動する魔導具は魅力だよなぁ。アタシも切り札として一つくらい欲しいと思っているんだが、金銭的な問題がなぁ……」

「この値段ではジャーネの収入では無理でしょうね」

『いやいや、この程度のものなら材料も簡単に揃えられるし、片手間で大量生産できるんですがねぇ』

この時点で一般常識が裸足《はだし》で逃げだすほど、彼の感覚はぶっ壊れている。

そもそも魔導具は身を守るための切り札として扱われることが多いが、使われている魔石や魔宝石の質や耐久性の問題から刻める魔導術式は限られており、威力が高い魔法ほど錬金術師や魔導士達の手間が増加する。

ゼロスが満足できるものを作れる魔導士などいないのだ。

仮にそのような真似ができる存在がいたとすれば、旧文明の精密作業用工作機械くらいのものだろう。人間の手で行うには限界がある。

その限界をあっさり超えるゼロス達のような生産職の転生者が非常識なだけなのだ。

そして今日、彼はその現実の差異を初めて目の当たりにしたのだが、ここまで落差があるとは思わなかった。

『まぁ、大量生産なんてやらないけどね。飽きるし、面白くないから。同じ量産品でも魔導式モートルキャリッジなら速度が出るように魔改造するほうが断然楽しい』

逆に言うと気分次第では大量生産するということでもあるが、ありがたいことに大量生産品やぶっ壊れ性能の魔導具を量産する気はなく、一つ作れば満足する程度に収まっていた。

まぁ、それすらも気分次第というところが、いささか怖い点でもあるが……。

ゼロスが世間に大量生産品をばらまけば、治安は一気に最悪の方向へと向かうことだろう。銃社会並みの危険度だ。

「魔導具って、こんなにも高いものなんですね……。とてもジャーネが買える値段じゃないですよ」

「素材を集める人件費に、魔石や魔晶石に術式を刻む加工費用や、それを装飾品にする職人への報酬。そりゃ高くなるよねぇ。だから自作したほうが安上がりなんですよ」

「うぅ……この水を生み出す指輪、あったら野営に便利なのに高い」

『攻撃魔法のスクロールを買うより安いが、使用制限があるものだと金をドブに捨てているようなもんだからなぁ～。僕なら魔法スクロールの購入を選ぶね。頑張れば買えない値段でもないし』

技量次第ではいくらでも強力になるが使用回数も術者次第の魔法と、比較的効果も安定しているが、刻まれた術式のでき次第で威力が変わり使用制限がある魔導具。

どちらも利点と欠点が存在する。

魔導具に頼るのはあまりにも金が掛かる。ゼロスからしてみれば、ジャーネのように目の色を変えるほどの価値があるようには思えない。

しかし、彼女の『あったら便利』という反応こそが魔導具に対する一般的な認識であった。

「……魔導具よりも魔法を覚えたほうが早いと言ったら、無粋かねぇ？」

「無粋ですよ。お手軽に魔法の効果を得られることが魔導具の魅力と言えますから」

「魔法は覚えてもしばらく慣らしが必要だからねぇ。使えるからといって使いこなせるかは別問題だし、個人の資質と技量に左右されるからなぁ～」

「ジャーネからしてみれば、どちらも高い買い物ですから」

「それを言ったらいけない」

魔導具にしても魔法スクロールにしても、買うには結局金が必要で、残念なことにジャーネには難しいことが分かっただけだった。

気軽に商品を覗《のぞ》きに来たつもりが、懐事情でジャーネを苦悩させるだけになってしまい、今も彼女は魔導具ケース前で値段を見ながら悩み続けている。

「材料を揃えてくれれば、僕が作っちゃってもいいんだけどなぁ～」

「オーダーメイドって、高いのではないですか？」

「ぶっちゃけ、店頭に並んでいる商品と同等の性能なら簡単に作れますねぇ。値もそんなに高くつけませんよ」

「ですが、魔導具なんですよ？　あまり安くしても問題があるのではないでしょうか……」

「量産するわけじゃないし、別にいいんじゃないですかね？」

魔導具が効果という目に見える結果を出す道具である以上、ゼロスがどれだけ材料費込みで安く作ったとしても、ジャーネは相応の値段を払おうとするだろう。

そうした価値観を生み出したのは、宝石店など装飾品を扱う店と魔法を絶対視していた魔導士達であった。その中にゼロス自身は含まれていないが――。

実際に量産するうえでの手間がかかっており、相応の値をつけなければ採算が取れない。

好き勝手にポンポン作れるゼロスがおかしいのである。

「ジャーネの剣を作ったとき、後からジャーネはお金を払おうとしてましたよね」

「受け取り拒否しましたけどね。あれは魔導錬成で遊ぶついでに作っただけなんだけどなぁ～……」

ジャーネの使う大剣はゼロスが魔導錬成で製作したものだ。

機能的にも優れており、ただで使用し続けることに彼女は気が引けたのか、実は後から追加料金を払おうとし、それをおっさんは『遊びで作ったものだから』と受け取りを拒否したという、知られざるエピソードがあったのだが、ここではどうでもいいことだ。

重要なのはその大剣が分類的に魔導具であるということにある。

「そんな、たいした代物でもないんですけどねぇ」

「ゼロスさんの認識がおかしいんですよ」

「たかがファイアーボールを撃つことができるだけなのに……」

「そのたかがが問題なんですよ。売られている魔導具、もの凄《すご》く高価じゃないですか」

「らっき～と思って素直に受け取ればいいのに、律儀《りちぎ》なことで」

「魔法や魔導具はそれだけ価値があるものなんですよ。なぜゼロスさんが理解していないのか、私にも分からないんですけど……」

この世界の人々とゼロスの価値観には大きな隔たりが存在していた。

遊び半分で作った魔導具も、一般人から見れば腰を抜かして受け取り拒否したくなるレベルなのだが、あまりにもかけ離れた価値観の差でゼロスには理解できない。

ゼロスが『これは少し危険かな～』と思うくらいの認識でも、この世界の住民にとっては国家が厳重に管理するレベルなのだ。

「あ～……やっぱり買うのは諦めた。今のアタシには無理だ」

「生活が懸かっていますからね。無理に買うわけにはいきませんよ」

「なんなら僕が作りますか？　デザインはこの店の商品を見てだいたい覚えたから、材料を揃えてくれれば作れますがねぇ？」

「それはやめてくれ、心臓に悪い……」

「なして？」

たとえ材料を揃えても、作られる魔導具は市販品より高性能。

もし、そんなものを所有していると他の傭兵達に知られることになれば、不埒《ふらち》な真似をしでかす連中につけ狙われる可能性が高まる。

ましてジャーネは女性だ。不届き者にとっては格好の獲物なわけで、身の危険を呼び込むようなものは少ないに越したことはない。

「何なら指輪でも買いますか？　僕がお二人にプレゼントしますよ……」

「「遠慮します（する）！」」

「なして？」

ゼロスとしてはここで正式に婚約指輪を購入することも密《ひそ》かに考えていた。

だが、二人同時に断られると少しへこむ。

対して女性陣はというと……。

『ゆ、指輪って……婚約指輪のことですよね⁉　そんな、いきなり……あっ、でも以前にプロポーズされてますし、断る理由もない気が……』

『ま、待て……指輪ってそういうことか!? ここで正式に婚約者として外堀埋めて、それから、け、結婚に弾みをつけるつもりか!? いや、早すぎるだろ! そんな……アタシには心の準備がまだ……』

勢いで断ってしまったが、別に婚約指輪を受け取ってもかまわないと思い直したルーセリスと、恋愛症候群《ラブ・シンドローム》という後のない状態なのに往生際の悪い足掻《あが》きをするジャーネ。

だが、対照的な考え方をしている二人だが、まんざらでもないといった表情が顔に出ていたりする。

それを見逃さないおっさんは即座に行動へと移すことにした。

「Ｈｅｙ、店員さん。僕達に婚約指輪を三点、ｐｌｅａｓｅ。ｐｌｅａｓｅ、ｍｅ! 派手な装飾はいらないＹｏ、地味なミスリルリングでいいからねぇ」

「「ちょっ、ミスリルぅ!?」」

「いらっしゃいませ、ご注文はミスリル製婚約指輪三点ですね? かしこ、かしこまりましたぁ、かしこ! オーナー、婚約指輪三点注文はいりまぁ〜す!」

「「料理屋か!」」

ゼロスとジャーネがツッコミを入れると同時に店内の照明が一斉に消え、展示ケース奥の従業員専用通路の入り口に、唯一の明かりがスポットライトのように射《さ》す。

そこにはダンディーな中年紳士がまるで主役のように立ち、片手には複数のサイズの婚約指輪をのせたトレイを掲げ、静かに歩きながらも彼は唐突に語りだす。

「拳を交わしたその日から、恋の花咲くときもある。見知らぬ私と見知らぬ君が、引かれ、魅せられ、惹かれ合い。落ちて堕《お》ちいる愛の道」

『『へ、変なオーナーが来た……』』

『いや、拳を交わして咲く恋っていったい……』

ドン引きする三人を無視し、オーナーの語りは止まらない。

「ペア婚ですか？　重婚ですか？　あなたと私の見る夢、晴れ舞台」

『『『これ、終わるまで聞いていなくちゃ駄目なん？』』』

「愛に溺れて陥って、引き返せない恋慕情。燃えて乱れてその気になって、幾度も枕を涙で濡《ぬ》らしてみれば、気付けば出口なき泥縛模様。私……あなたを恨みます」

『『『あれ？　な、なんか……おかしくね？』』』

内容があやしくなってきた。

「待ち人が来ないドアを毎日眺め、シーツに染みゆく歪《ゆが》んだ想《おも》い。重く沈む愛憎に、澱《よど》んだ心は熟《う》れて爛《ただ》れ腐汁となる。なんと醜悪なことでしょう」

『『『……』』』

「操《つ》り吊られた運命に、翻弄《ほんろう》されるだけの我が人生。今宵《こよい》もナイフを研ぎ澄まします。それでは選んでいただきましょう、エンゲージリングです！」

「「「選べるかぁ!!」」」

「えぇっ!?」

驚きの声をあげるオーナー。

今から演歌歌手が歌うかというときのような前口上にもドン引きだが、その内容が酷《ひど》すぎる。

これから新婚になる人達を祝う気が全くない。むしろ呪っていた。

「な、なんなんだぁ、さっきの前振りはっ!!」

「思いっきり破局しているじゃないですかぁ、しかも最悪な形で！」

「そうは言いますがねぇ、お客さん。人生ってそんなもんじゃないですかね？」

「それ……アンタの実体験ですかねぇ？」

「…………」

おっさんは、オーナーさんの心の踏み込んではいけない場所に、思いっきり土足で踏み込んでしまったようだ。

彼の表情から感情というものが消え、代わりにある種の憎悪に満ちた嗜虐《しぎゃく》的な笑みが浮かんだかと思うと、『ククク……』と声を押し殺して嘲笑《あざわら》う。

「分かりますかぁ～？　私の妻は……私に愛なんて求めていなかったんです。その事実を知って以来ねぇ～、人間を信じられなくなったんですよ」

「愛でないとすると、金ですかい？」

「クフフ……金が目的だったら、私もまだ正気を保てていましたよ。彼女が求めていたものは快楽！　ただ肉欲を満たすためだけに生きているような女だったんですよぉおぉぉぉっ!!」

「「……うわぁ～」」

「私よりも魅力的な男に寝取られるのであれば、まだ諦めがつきます。だが彼女は……あの女は美形だろうが醜悪だろうが、股間の獣を持っている者であれば誰でもよかったんですよぉ！　たとえそれがオークだろうとねぇ!!」

結婚した相手が悪かったようだ。

オーナーさんはそれ以降女性不信に陥り、心が壊れたまま歪み熟成され、精神が危険な領域にまで病んでしまったようである。

「だからねぇ～、私が皆さんに教えてさしあげようと思うんですよぉ～♪　所詮、愛なんて幻想なのだと。やれ『永遠の誓い』とか『運命の相手』だとか、『一生涯、君を大切にしてあげるよ』だとかほざく青臭い連中にネェ!!」

「「…………」」

ルーセリスとジャーネに向ける視線がヤバかった。

もはや異常者の領域である。

「まぁ、そのあたりは同感です」

「「!?」」

おっさん、オーナーさんを肯定。

途端に晴れやかな笑みを浮かべるオーナーさん。

「分かってくれますか!!」

「結婚とはある種の契約です。人の心の内が分からない以上、お互いにどうしても理想を押しつけてしまうのも仕方がないことでしょう。オーナーさんは奥さんに理想を求めすぎてしまい、本質を見抜けず、しかも現実を受け入れられずにただ拒絶だけした。それだけのことです」

「……否定はできませんね」

「契約なんて誰でも簡単にできます。それをどれだけ守れるかが重要ですが、人は感情や欲望で生き、左右される生物。理想と異なる姿を見せられたときに裏切られたと感じてしまう。奥さんは極端に性欲が強かった。普通でもなかった」

指輪を眺めながら、淡々と語るゼロス。

何気に『ミスリルの純度がいまいちだな』と呟いたりなんかする。

婚約指輪を見るというより、素材を吟味しているのがいかにも彼らしい。

「わ、私は……彼女に求める理想が深すぎたというのですか？」

「いいえ、人並みでしょう。オーナーさん、アンタはただ一途《いちず》すぎた。だからこそ受けたショックの反動が大きかったのでは？　運悪くあなたの奥さんが特殊な人だっただけですよ」

「特殊……確かにそうですね。それに一途、ですか？」

「ええ、逆に言えばそれだけ想っていたということでしょう。まともな奥さんだったら、今頃はいい家庭を築けていたんじゃないかと思いますね」

「まとも……そうですね。生まれて初めて深く想っていたからこそ私は歪んでしまった……。今頃気付くとは、ハハハ……人生を無駄にしていますね」

「まだまだこれからでしょ。思い切ってお見合いでもしたらいいんじゃないですかい？　今からでも充分間に合うでしょうし」

「っ!?　な、なんですと……」

オーナーの背中に電撃が走った。

そもそもの原因が妻の性癖の問題であったことで、一途すぎる彼は暴走気味に人生を棒に振っていた。さっさと過去を切り捨てておけば、今頃は幸せな家庭が築けた可能性もあっただろう。

普通に考えても別の人生を歩んだほうが有意義だ。

そんな当たり前のことに、今さらながらに気付かされたのである。

「別におかしいことではないと思いますがねぇ？　いつまでも特殊な性癖の奥さんの思い出に悩まされることもないと思いますよ。幸せなんてこれからいくらでも掴《つか》めるでしょうに」

「お見合い……なぜそこに気付かなかった。今から幸せをつかんでも遅くはないか。よし、私は人生をやり直しますぞ！」

「ところで、この婚約指輪なんですがねぇ。値段もお手頃ですし買っちゃってもいいかなぁ～と思っているんですが。……三人分」

「毎度ありぃ！　大事なことを気付かせてくださったお礼に、あなた方に限り30パーセントOffにしますので、これからもご贔屓《ひいき》にぃ！」

『オーナーはん、アンタ変わりすぎやろ。ちょろ……』

相槌《あいづち》打ってオーナーの主張を肯定しては、口八丁でそれとなく窘《たしな》める。

ゼロスは別にオーナーを説得する気があったわけでも、立ち直らせるつもりだったわけでもなく、面倒だからとりあえず肯定しておき、後から視点の方向を逸《そ》らしただけだった。

対してオーナーは、鬱屈《うっくつ》し歪んでしまった想いを誰かに聞いて肯定してほしかったのだろう。

結果、悪霊を成仏させる霊媒師のような状況になった。

人にやる気を起こさせるのが上司の務めとは言うが、ゼロスの場合は詐欺師とやっていることが変わりない。伊達《だて》に【ドS主任】と呼ばれていたわけではないのだ。

「指のサイズを測るので、どうぞお二人ともこちらに来てください」

「えっ？　わ、分かりました」

「ちょ、まっ……指輪って」

「婚約指輪ですが、なにか？」

「な、なな、なんで買うことになってるんだぁ!!」

もちろん『婚約しちゃってもいいんじゃね？』と、この場で思ったからだ。

それにゼロス達三人は恋愛症候群という奇病が発症中で、このままでは恥ずかしい絶叫告白をする羽目になる。そのためにも強引に事を進める必要があった。

もう残された時間がないのだ。

「いきなり婚約はないだろ！」

「いきなりも何も、前から分かりきっていたことじゃないですか。ジャーネさんも腹をくってください。ルーセリスさんはもう指輪を選んでますよ？」

「へっ？」

ルーセリスは、既に指輪をいくつか試してた。

ちょうどよいサイズを見つけたのか凄く嬉しそうだ。

「ね？」

「ね？　じゃない！　アタシの気持ちを無視してるじゃないか！」

「あれが発症したとき、大勢の人がいる前で絶叫告白をし、後からジャーネさんが落ち込むのは目に見えています。多少強引にも婚約しますのであしからず」

「い、嫌だぁあああぁぁぁっ!!」

婚約することが恥ずかしいのか、即座に逃げ出そうとするジャーネ。

しかしおっさんは咄嗟《とっさ》に彼女の手を掴むと、重心移動を利用した体術でジャーネを抱きとめるような形で引き寄せた。

「おっと。こうでもしないと、ジャーネさんはいつまでも逃げ続けますからねぇ。もちろん、色々な意味で逃がす気もないですが」

「………………うっ」

ジャーネの顔が一瞬で真っ赤に染まった。

今の態勢はゼロスに抱きしめられている状態で、異性の顔をここまで近くで見るなど父親以外では初めてのことで、ついでに例の衝動が合わさりおっさんが七割増しでイケメンに見えてしまい、彼女の心臓の鼓動がいっそう激しくなる。

周囲に花が咲き乱れるような幻覚まで見え、意識を逸らそうとも意識せざるをえない。

更に付け加えると、おっさんは婚約に関しては真剣だった。

本気と書いてマジだった。

……暴走も怖くて必死だった。

いつものやる気のない表情ではない真剣なゼロスに、ジャーネは自身の心の中にそれに惹かれて抗《あらが》えない自分がいることを完全に自覚した。

否定しようにも本能がどうしようもなく求めており、『このまま身を任せてもいいのではないか？』という感情が溢《あふ》れ、それでも理性が危険だと歯止めをかけ抵抗するも止められない。

こんな衝動が無意識に発動していたとしたら恐ろしいことだ。

これが恋愛症候群の怖さである。

「ジャーネさん……無意識化の本能が表に出てしまったとはいえ、僕は正式にプロポーズしましたよね？　このまま逃げ続けるのは卑怯《ひきょう》ではないですか？」

「そ、それは……けど、こんな奇病に流されるのは嫌だ……」

「それは僕も同感ですが、いつまでも逃げ続けられないことは承知でしょう？　今こそ答えを聞かせてください」

「こ、こんな場所でなんて……それこそ卑怯だ」

「観念してください、逃がすつもりもありませんよ。……僕と婚約、してくれますよね？」

「はう!?　…………はい」

それは諦めか、単にちょろかったのか、それとも自分の衝動に従った言葉なのか、あるいは押しに負けただけなのか、もしくはイケメン七割増しの効果に絆《ほだ》されたのか……。

ともかくジャーネは無駄な抵抗はやめ大人しくなり、素直に指輪を選ぶことになった。

一方、後ろで一部始終を見ていたルーセリスは、『よし！』と小さくガッツポーズをする。

この時点でいつ婚姻届を出しに行くか計画を練り始めていたことなど、ゼロス達は知らない。

ゼロスも自分の指輪を選び、三人分の料金を支払う。

「御三方、どうぞお幸せにぃ〜〜〜〜っ」

店員全員から拍手を送られ、オーナーの祝福の言葉を背に店を出る。

本日、どさくさでゼロス達は婚約を果たす。

指にはそれぞれ銀色に輝く指輪が輝いていた。

閑話　イリス、ソロ活動をしてみる

傭兵《ようへい》にはいくつかのパターンが存在する。

クランを立ち上げ計画的に狩りや依頼をこなす者達。

友人など特定の者達でパーティーを組んで依頼をこなす者。

そして群れずに単独で依頼をこなす者である。

今回イリスは、ジャーネがルーセリスやおっさんと共にデートするということで、思い切ってソロで依頼を受けてみることにした。

ちなみにレナだが、昨日から姿が見えない。

『レナさんって、私生活が謎なんだよね。今頃はどこで何をしているんだろう？』

プライベートが謎のレナに興味はあるが、聞いたところで教えてくれるわけもなく、おそらくはどこかで少年に手を出していることだろう。


イリスが受けた依頼だが、近くの農村近辺で目撃されるオークの討伐。確認されているのは三匹でイリスであれば余裕で達成できるものだ。

日頃の過酷な訓練の成果を見せるときでもある。

村長に挨拶を済ませ、さっそくオークの気配を探るイリス。

気配を消し、木の上から慎重に周囲の様子を観察する。

『近くに生き物の気配……』

焦らずに息を潜め、気配が動くのを待つ。

だが、そこにいたのはオークなどではなかった。

『ツインホーンラビット……。これじゃない』

イリスは気配を探ることはできても、標的かどうかまでは分からない。

気配は探れてもそれが探している獲物かどうかまでは分からないのだ。

「ここにいないのかな？」

ツインホーンラビットが数匹移動する姿を確認しただけで、周囲にはオークの姿が確認できなかった。

傭兵ギルドからはオークは三匹と指定されているので、数が揃《そろ》わないと依頼達成にはならない。

日数も限られているので手早く依頼を達成する必要もある。

傭兵として初めて経験する、独特の緊張感があった。

「移動してみよっかな」

木々の間を飛びながら、イリスはオークの姿を探し続ける。

その合間に薬草などの採取も行った。

「う～ん……。この辺りは薬草の繁殖具合が悪いのかな？　日もあまり差し込まないし、発育が悪いのかもしれない」

森の中は開けている場所ばかりではない。

鬱蒼《うっそう》と茂る草木や緑のカーテンのように繁殖した蔦《つた》など、誰も手入れをしていないので生え放題で、時折手足に絡まり動きを阻害する。

棘《とげ》のせいで、気付かぬ間に擦《かす》り傷などもできていた。そこが腫れ上がり妙に痒《かゆ》い。

薬を使えばすぐに治療できるのだが、わずかな匂いでオークに気付かれてしまう可能性もあり、使うのに躊躇《ちゅうちょ》してしまう。

たとえどんなに痒くても、優位に立てるアドバンテージを捨てるわけにはいかないのだ。

『そういえばオークって、普通は全裸なんだよね？　こんな自然の中で生活していたら傷だらけなんじゃ……』

イリスは忘れているが、オークは基本的に回復能力が高く、擦り傷など一瞬で綺麗《きれい》さっぱり塞《ふさ》がってしまうのだ。なので全裸だろうが関係はなかった。

まあ、その回復力が傭兵にとって一番厄介な能力なのだが。

他にも見た目よりも高い俊敏力やタフネスな体力、進化次第では金属加工もできる知能の高さなどを持つオークもいるが、さすがにそのような個体がこの辺りに出没することはない。

そこまで進化する前に他の傭兵達に狩られているだろう。

しかし、いくら弱くとも油断するわけにもいかない。

適度な緊張を維持しつつ、冷静かつ慎重に行動し、確実に相手を仕留める。

理想は一撃必殺。

「……あれ？　これって魔導士の考え方じゃないよね？」

むしろ武闘家や狩人の考え方であることに今さら気付いた。

今や立派な殴り魔導士に転向しようとしている。

『まぁ、いいか。今はとりあえず依頼達成をめざそ』

そして、自分が脳筋になっていることにすら気付いていていなかった。

イリスはむしろ格闘家への道を進み始めていた。

◇　◇　◇　◇　◇　◇

森の奥へと移動してすぐにイリスはオークを発見した。

嗅覚によるものか、それともイリスの殺気を肌で感じ取ったのかは分からないが、オークは動きを止めてしきりに辺りの様子を窺《うかが》っている。

見ている分にはコミカルで面白いのだが、倒さねば依頼は完了しないので早速行動を開始する。

加減した【エア・シールド】で周囲に薄い風の幕を張り、匂いがオークに届かないよう工夫してから、木の上からオークめがけてダイブ。

頭部が近づいた瞬間にオークの耳を狙い、エストックで刺し貫き一撃で仕留めた。

ザンケイの斬撃を彷彿《ほうふつ》させる早業だった。

「うっし、次っ！」

木々の幹を足場に三角飛びの要領で飛び上がり、再び生い茂る枝葉の中に身を潜めた。

もはや魔導士のするような立ち振る舞いではない。

まるっきりセンケイのような隠密行動である。

潜伏すること数分、二匹目のオークが姿を現すと、仲間の無残な姿を発見し近づいてきた。

冷静さを失っているようで、イリスとしては好機だ。

インベントリーから弓と矢を二本取り出すと、即座に構えて同時斉射。

矢は頭部と心臓を貫き、オークは即死する。

「二匹目ひゃっほぉ～」

手際よく二匹目を討伐し、残りは一匹。

周囲にオークの躯《むくろ》を食い荒らす獣の気配はないので、再び隠密行動で最後のオークを探す。

ほどなくしてオークの姿を確認したが、どういうわけか戦闘中のようだった。

『むむ……私の獲物を狙うとは不届きな……』

いや……もう完全に武闘家の思考である。

既に戦闘中ということは、途中からイリスが参戦するわけにはいかない。

傭兵の暗黙の了解として、他者の獲物を横から奪うことはご法度だからだ。

相手が救援を求めているならまだしも、依頼を達成させるためだけの横入りは今後の信用問題にかかわるので、状況を確認し了承を得たうえで動くことが求められる。

『さて……オークと戦っているのは誰かなぁ～っと』

木々から飛び降り叢《くさむら》に隠れて様子を見ると、そこにはイリスと同年代の少年少女パーティーがオークと戦っていた。

「早く援護しろよ！」

「無理だよぉ～、呪文の詠唱に時間が掛かるもん」

「俺達はゴブリンソルジャーを倒してるんだぜ。オークなんか楽勝だ」

「皆でビッグになるんだろ！　この程度の魔物になんて負けてらんねぇ！」

見たところでは駆け出しの傭兵だろう。

魔物の特性を知らず、勢いのままに行動する若さが無謀な戦いに駆り立てているようだった。

イリスはこのままだと全員がオークに殺されると分かったが、暗黙の了解がある以上は手出しすることはできず、ただ様子を見ることしかできない。

しばらく見ていたが、少年達はオークのタフさに次第に追い込まれるようになっていく。

「うわっ！」

盾とショートソードを持っていた壁役の少年が、オークの膂力《りょりょく》が乗った棍棒《こんぼう》攻撃によって薙《な》ぎ払われ、辛うじて盾で防ぐも無様に吹き飛ばされ地面を転がり木に激突した。

己の分を弁《わきま》えない若さゆえの行動が招いた事態だ。

『あっちゃぁ～……これはマズいよね』

おそらくこの少年がリーダー格なのだろうが、この攻撃によって気を失っていた。

残るは魔導士の少女と弓と大剣持ちの少年二人だが、この三人は完全にオークに怯《おび》え震えている。

傭兵は駆け出しと多少実力が上がってきた者ほど油断しやすく、損耗率が極端に高くなる。

おそらく彼らは格上を倒したことで調子に乗ったのであろう。

「どうしよう……」

「このままだと俺達がまずいよ」

「逃げたいけどトミーを置いてはいけないし……」

仲間を助けるには二人が戦線離脱するしかなく、たった一人でオークの相手は厳しい。しかも気絶した仲間を担いで逃げ切れるほどオークは鈍感ではない。

太っているが意外に俊敏に動ける魔物なのだ。

こんな緊急時においては仲間を見捨てても罪に問われないが、彼らは非情に徹することができず、そんな状況判断すらできないほど経験不足だった。

功名心が先行する傭兵ほど長生きできない。

『まっ、ここで見捨てても後味が悪いだけだし、元からオークを狩りに来てるしね』

木々の上から地面へと着地する。

「ねぇ、このオークは私が依頼を受けた獲物なんだけど、狩っちゃってもいい？」

「えっ!?」

「君達じゃ勝てないでしょ？　なら、私が貰《もら》ってもいいよね？」

「い、いいけど……」

「オークだぞ!?　俺達四人がかりでも勝てなかったんだぞ!?」

「ん～……楽勝かな」

話をしている間、オークは新たな敵に警戒していたが、背丈が先ほどまで戦っていた敵と変わりないことから、大したことのない相手と認識し襲いかかってくる。

油断大敵と言いたいところではあるが、オークにとっての不運はイリスの実力が少年達よりも高いことだった。

「ほいしょ」

間抜けな掛け声とともにオークの懐へ飛び込むと、腹部に掌底《しょうてい》を叩《たた》きつけ、悶絶《もんぜつ》して前屈《まえかが》みになったところへすかさずアッパーカット。

脳が揺らされ平衡感覚を失いよろめくところに回し蹴りを食らわせた。

勢いよく吹っ飛んでいくオーク。

イリスは、気絶して倒れているオークにゆっくり近づくと、介錯《かいしゃく》とばかりに迷いなく頭部へナイフを突き刺す。

「すっげ……」

「よっしゃぁ！　これで依頼達成っと」

「武闘家？　いや格闘家か？」

「んにゃ、ただの魔導士だけど？」

「「嘘《うそ》だぁ!!」」

イリスは少年達に自分が魔導士であるとしつこく説明したが、最後まで信じてもらえなかった。

少年達と別れた後も殴り魔導士となってしまったことにしばらく落ち込んでいたが、気を取り直し、討伐の証拠となる素材の剥ぎ取りを行うことにする。

だが、ここに来て新たな問題が発生した。

「魔石や皮、牙はともかくとして……睾丸《こうがん》って……」

オークの討伐証明の一つに、錬金術の素材でもあるオークの睾丸が含まれていたのだ。

イリスには戦闘とは別方面の戦いが待っていたのだった。

アラフォー賢者の異世界生活日記

MFブックス

アラフォー賢者の異世界生活日記 15

2021年9月25日　初版第一刷発行

著者　寿安清
発行者　青柳昌行
発行　株式会社KADOKAWA
〒102-8177　東京都千代田区富士見2-13-3
0570-002-301（ナビダイヤル）
印刷・製本　株式会社廣済堂
ISBN 978-4-04-680764-9 C0093

企画　株式会社フロンティアワークス
担当編集　中村吉論／佐藤裕（株式会社フロンティアワークス）
ブックデザイン　Pic/kel（鈴木佳成）
デザインフォーマット　ragtime
イラスト　ジョンディー

本シリーズは「小説家になろう」（https://syosetu.com/）初出の作品を加筆の上書籍化したものです。

特報
人間不信の冒険者たちが
アニメになるようです!!!
鋭意制作進行中!
続報を待て!!
＼原作シリーズ好評発売中!／
人間不信の冒険者たちが世界を救うようです
著:富士伸太
イラスト:黒井ススム

魔導具師ダリヤはうつむかない
～今日から自由な職人ライフ～
甘岸久弥
シリーズ
大好評
発売中!!
スピンオフシリーズでさらに楽しめる!
服飾師ルチアは
あきらめない
～今日から始める幸服計画～
甘岸久弥　イラスト:雨壱絵穹　キャラクター原案:景